춘향전

사랑 사랑 내 사랑아 어화둥둥 내 사랑아

2

춘향전
사랑 사랑 내 사랑아 어화둥둥 내 사랑아

전국국어교사모임 기획·조현설 글·유현성 그림

Humanist

'국어시간에 고전읽기' 시리즈를 펴내며

고전을 읽어야 한다는 가르침은 어릴 때부터 귀가 따가울 만큼 들었다. 그러나 몸소 이를 따르는 사람은 흔치 않다. 종종 고전을 가까이하는 사람들이 있는데 이들은 대체로 삶을 헛되이 보내지 않고 훌륭한 일을 이루어 세상에 뚜렷한 이름을 남겼다. 고전 안에 그만큼 값진 속살이 들어 있기 때문이다.

고전이 이처럼 깊은 가치를 지녔는데 어째서 고전을 읽는 사람은 흔치 않을까? 아마도 고전이 사람을 쉽게 끌어당겨 주지 않기 때문일 것이다. 고전은 우리에게 섣불리 손짓을 하지도, 눈웃음을 치지도 않는다. 고전은 끈기를 가지고 파고들어 오는 사람에게만 마지못한 듯이 웃음을 지으며 속내를 털어놓는다. 고전은 요즘보다 훨씬 무뚝뚝하던 옛날에 이루어진 삶이며 글이기 때문이다.

그래서 우리는 청소년들이 고전을 즐겨 읽을 수 있도록 마음을 다했다. 뻣뻣하고 까칠한 고전을 달래서, 부드럽고 친절하게 청소년을 끌어당기도록 손을 쓰고 공을 들였다. 멋없이 무뚝뚝하던 고전을 정성껏 매만져서 두 팔을 활짝 벌리고 청소년들을 끌어안을 수 있도록 탈바꿈했다.

고전은 이제 온전히 겉모습을 바꾸어 청소년들을 맞이할 것이다. 자칫 속살까지 탈바꿈한 것처럼 보일지 몰라도 책을 읽다 보면 예스러운 고전의 맛과 멋을 한껏 느낄 수 있을 것이다. 우리는 무엇보다도 고전이 고전다운 속내와 뼈대를 온전하게 지니도록 하는 데 힘을 쏟았다.

고전은 시공간을 뛰어넘고, 나라와 겨레를 뛰어넘어 세상 모든 사람에게 큰 울림을 준다. 《시경》, 《탈무드》, 《오디세이아》, 셰익스피어와 괴테의 작품이 세상 모든 이에게 가르침을 주듯이, 우리의 고전도 모든 이에게 값진 가르침을 줄 것이다. 가르침이 서로 다르기는 하지만 높낮이가 있는 것은 아니다. 그러므로 세상 고전을 두루 읽어야 하는 것이나, 우리는 우리네 고전부터 읽는 것이 마땅한 차례다.

이런 뜻으로 전국국어교사모임에서 '국어시간에 고전읽기' 시리즈를 펴낸 지 십 년이 되었다. 누구나 두루 즐기며 읽을 수 있도록 쉽게 풀어 쓰고 맛깔나고 재미있는 작품으로 재창조하려고 무던히도 애썼다. 다행히도 많은 독자로부터 분에 넘치는 사랑을 받았고, 우리 고전을 가까이하고 즐기는 청소년들이 많이 늘어 고마울 따름이다.

지난 십 년처럼 묵묵하게 이 시리즈를 이어 갈 생각으로 첫 마음을 되새기며 글과 그림을 더하고 고쳐 좀 더 새로운 얼굴의 우리 고전을 세상에 다시 내놓으려 한다. 이 책을 통해 우리 청소년들이 풍성하고 가치 있는 고전의 바다에 풍덩 빠질 수 있기를 기대해 본다.

2012년 11월
전국국어교사모임

《춘향전》을 읽기 전에

《춘향전》, 우리에게는 어릴 적 읽은 동화로, 또 수많은 드라마와 영화로 매우 낯익은 이야기입니다. 춘향과 이 도령의 사랑 이야기를 모르는 사람은 아마 없을 테지요. 이제 우리는 그 익숙한 이야기를 다시 읽으려고 합니다. 그러나 지금껏 우리가 알아 왔던 이야기와 똑같은 내용이 담겨 있다면, 굳이 또 책을 펼쳐 들 이유는 없을 것입니다.

여러분은 춘향에 대해 얼마나 알고 있나요? 예쁘장한 얼굴로 양반 도령에게 사랑을 받은 춘향, 곧고 굳은 절개를 지켜 어사의 부인이 된 열녀 춘향. 이처럼 우리가 그려 온 춘향은 지고지순하며 청순가련한 여인네였습니다. 그런데 이 책은 그간 여러분이 보아 온 것과는 조금 다른 춘향의 모습을 보여 줄 것입니다. 그 모습을 보며 여러분은 어쩌면 조금 놀랄지도 모르겠습니다. 이 책에서 만날 춘향은 다분히 현실적이거든요. 그다지 얌전하지도, 청순가련하지도 않습니다. 그러한 춘향의 모습을 보며 우리는 좀 더 현실감 있게 《춘향전》을 읽을 수 있을 것입니다.

《춘향전》을 비롯한 고전 소설은 여러 이본(異本)이 있습니다. 지금처럼 발전된 인쇄술로 단번에 여러 권을 찍어 낼 수 없었던 예전에는 책을 때로는 손으로 베껴 쓰기도 하고, 때로는 목판 인쇄로 소량 찍어 내기도 했는데 이 과정에서 생겨난 것이 이본입니다. 특정한 작가 없이 판소리에서 발전한 소설 《춘향전》은 옮기는 사람의 의도에 따라, 또 지역에 따라 내용이 달라졌는데, 그렇게 해서 생겨난 춘향의 다양한 모습이 여러 이본에 담겨 있습니다. 그중 완판본,

즉 전라도 지방의 판본인 《열녀춘향수절가》가 가장 대중적이고, 또 우리에게 익숙한 내용을 담고 있어서 이 이야기를 여러분에게 들려주기로 했습니다.

어찌 되었든 《춘향전》은 한 편의 가슴 절절한 사랑 이야기입니다. 이팔청춘 남녀가 만나 사랑을 하고, 신분이라는 장벽 때문에 헤어졌다가 다시 극적인 만남을 이루는 이 이야기는 언제 읽어도 감동적입니다. 춘향과 이 도령의 사랑은 시대와 공간을 뛰어넘어 우리를 울게 하고 웃게 합니다. 그 속에서 한바탕 신나는 감정의 유희를 펼쳐 보고, 그 사랑에 담긴 의미들을 포착해 성숙한 사랑의 모습을 그려 갈 수 있기를 바랍니다.

2013년 8월
조현설

차례

'국어시간에 고전읽기' 시리즈를 펴내며   4

《춘향전》을 읽기 전에   6

선녀 춘향, 월매의 딸로 태어나다   13

이 도령, 광한루에 놀러 가다   17

춘향, 광한루에 그네 타러 가다   24

이 도령, 춘향을 만나다   30

이 도령, 춘향이 그리워 안절부절못하다   42

이 도령, 밤에 춘향을 찾아가다   51

이 도령, 춘향과 백년가약을 맺다   60

춘향, 이 도령과 이별하다   86

신관 사또 변학도, 남원에 내려오다   102

춘향, 변학도를 거부하고 싸우다   113

춘향, 감옥에 갇히다   134

이 도령, 전라도 어사가 되어 내려오다   151

암행어사 출두하다   182

성춘향, 이몽룡과 백년해로하다   197

이야기 속 이야기

조선 시대의 복식 골라 입는 재미가 있다   28

《춘향전》의 문체 샌님 문체, 상놈 문체   40

그림으로 본 조선 시대의 사랑 두 사람 마음은 두 사람만 알지   82

조선 시대의 기생 기생의 수청은 불법?!   130

조선 시대의 암행 일지 내가 암행어사라고 절대 말 못해!   178

깊이 읽기 _ 영원히 마르지 않는 고전의 샘   202

함께 읽기 _ 춘향이 변학도의 수청을 받아들였다면?   213

참고 문헌   219

사랑 사랑 내 사랑이야

　가없는 물결 하늘 같고 바다같이 깊은 사랑

은하수 직녀의 비단같이 올올이 이은 사랑

명사십리 해당화같이 예쁘고 고운 사랑

어화 둥둥 내 사랑아

어화 내 간간 내 사랑이로구나

선녀 춘향, 월매의 딸로 태어나다

때는 숙종 대왕 시절이다. 숙종 왕은 옛날 요순 임금에 버금가는 덕을 갖추고 있었다. 왕의 덕이 높으니 신하들 또한 왕을 본받아 정치를 잘했다. 정치가 잘 이뤄지니 충신은 조정에 가득 차고 효자 열녀는 온 나라에 넘쳤다. 비바람도 때에 따라 순조로우니 백성들은 잘 먹어 배를 두드리고, 태평한 세월을 노래하는 농부들의 격양가는 들마다 고을마다 울리지 않는 곳이 없었다.

이때 전라도 남원 땅에 월매라는 기생이 있었다. 월매는 원래 삼남 땅에 이름이 짜한 기생이었는데, 일찍이 기생을 그만두고 성 참판과 함께 살고 있었다. 어느덧 나이 사십을 바라보게 되었으나 자식이 없어 늘 수심에 잠겨 있었다. 어느 날 문득 깨달은 바가 있어 월매가 성 참판에게 가는 한숨을 내쉬며 물었다.

"전생에 무슨 인연이 있어 이생에서 가군과 부부가 되어 기생 행실도 다 버리고 단정하고 예의 바르게 살았습니다. 그런데 무슨 죄가 커서 이렇게 혈육 하나가 없으니 앞으로 조상 제사는 누가 받들겠습니까? 이름난 산이나 절에 가 복을 빌어 딸이든 아들이든 낳게만 되면 평생 한을 풀겠습니다. 가군의 뜻은 어떠합니까?"

"우리 신세를 생각하면 자네 말이 당연하지만 빈다고 다 자식을 낳는다면 세상에 자식 없는 사람이 어디 있겠는가?"

성 참판의 대답은 마땅찮았다. 그러나 월매는 고집을 꺾지 않았다.

"천하의 큰 성인인 공자님도 그 어머니가 이구산에서 빌어서 났고 정(鄭)나라의 정자산은 우형산에서 빌어서 났는데 우리 강산이라고 그런 산이 없겠어요? 경상도 웅천의 주천의는 늙도록 자식이 없어 최고봉에 빌었더니 대명천자가 태어났다는데 우리도 정성을 드려 봐요, 예?"

공든 탑이 무너지고 심은 나무가 꺾일쏘냐! 이날부터 성 참판 부부는 목욕재계를 하고 이름난 산을 찾아 나섰다. 이리저리 찾아다니다가 남으로 지리산에 이르러 반야봉에 올라가 보니 바로 천하의 명산이었다. 부부는 제단에 제물을 올리고 엎드려 정성껏 빌고 빌었다. 그날은 바로 오월 오일이었는데 밤에 월매는 꿈을 꾸었다.

상서로운 기운이 하늘에 가득하고 오색이 영롱한 가운데 한 선녀가 푸른 학을 타고 오는데, 머리에는 화관을 쓰고 몸에는 채색옷을 둘렀다. 패물 소리 쟁쟁한 가운데 손에는 계수나무 가지를 들고 날아와 월매 앞에 공손히 여쭈었다.

"저는 낙포의 딸인데 반도를 바치러 옥황상제 계신 곳에
갔다가, 광한전에서 적송자를 만나 못 다한 정회를 나누
다 때를 놓친 것이 죄가 되었습니다. 옥황상제께서 크게
노하사 속세에 내치시매 갈 바를 모르고 있었더니, 지
리산 신령께서 부인 댁으로 가라고 하셔서 이렇게 왔
습니다. 어여삐 여겨 주세요."
하며 품으로 달려들었다. 월매가 학 소리에 놀라 잠
을 깨 보니 꿈이었다. 황홀한 정신을 가다듬어 성

- **요순(堯舜) 임금**　덕이 아주 높아 훌륭한 임금의 대명사로 추앙받는 고대
  중국의 요임금과 순임금.
- **격양가(擊壤歌)**　땅을 쳐 장단을 맞추며 태평한 세월을 읊조리는 농부
  들의 노래.
- **삼남(三南)**　충청도, 전라도, 경상도를 함께 일컫는 말.
- **가군(家君)**　남편을 높여 부르는 말.
- **정자산(鄭子産)**　중국 춘추 전국 시대 정나라 사람 공손
  교(公孫僑)를 말하는데, 인덕(仁德)으로 나라를 잘 다
  스렸다고 한다.
- **대명천자**　명나라 천자라는 말로 여기서는 주원장
  을 가리킨다.
- **낙포(洛浦)**　낙수(洛水)에 빠져 죽은 후 낙수의
  신이 되었다는 복희씨.
- **반도(蟠桃)**　신선이 먹는다는 삼천 년에 한
  번씩 열리는 복숭아. 장수의 상징이다.
- **적송자(赤松子)**　중국 신화에 나오는 신선.

참판에게 꿈 이야기를 하고 난 후 아들 낳기를 기다렸는데, 과연 그달부터 태기가 있었다. 열 달이 지난 어느 날, 향기가 집에 가득하고 오색구름이 집을 덮은 가운데 여자아이가 태어났다.

아들이 아닌 것이 서운하기는 했지만 손꼽아 기다리던 자식이라 귀하기 한이 없었다. 춘향(春香)이라 이름을 짓고 손바닥 안의 보석처럼 길렀는데, 자라면서 효행은 비길 데가 없었고 인자하기는 기린과 같았다. 칠팔 세가 되니 책 읽기를 즐겨 하고 예의가 반듯해 칭찬하지 않는 이웃이 없을 정도였다.

* 기린(麒麟) 동양에서 기린은 성인을 상징하는 동물이다. 그래서 기린이 나타나면 성인이 태어난다고 했다. 여기서는 춘향의 인자한 품성이 성인과 같다는 의미이다.

이 도령,
광한루에 놀러 가다

이때 서울 삼청동에 이한림이라는 양반이 있었는데 충신으로 이름난 집안의 후손이었다. 하루는 왕이 충효록을 보다가 충신과 효자를 뽑아 벼슬을 주기로 했다. 덕분에 이한림은 벼슬이 높아져 남원 부사가 되어 남원 땅으로 내려가게 되었다.

남원에 부임한 이한림이 고을을 잘 다스리니 남원 백성들은 걱정거리가 없어졌고 칭송 또한 자자했다. 나라가 태평하고 곡식은 잘되며 백성은 모두 효도하니 마치 요순시절과 같았다.

놀기 좋은 봄이 찾아왔다. 나무마다 새들은 날아들어 짝을 찾고 꽃들은 사방에 지천으로 피어올라 처녀 총각들의 마음을 들썩들썩하게 만들고 있었다. 이팔청춘에 풍채가 훤하고 성격이 활달한, 게다가 글은 이태백을, 글씨는 왕희지를 닮은 남원 사또의 아들 이 도령도 그런 마음 들썩거리는 총각이었다.

하루는 이 도령이 방자를 불렀다.

"이 고을에서 제일 경치가 좋은 곳이 어디냐? 마음속에 봄바람이 일어 시를 지으며 놀고 싶어 못 견디겠으니 빨리 말해 봐라."

"글공부하는 도련님이 경치를 찾아 뭘 해요?"

방자가 삐딱하게 대꾸하는 말이다.

"이 무식한 놈아! 옛날부터 문사가 좋은 경치 구경하는 것은 글짓기의 기본이라고 했다. 옛날에 사마천이 배를 타고 큰 강을 거슬러 올라갈 때 미친 듯 이는 파도와 음산하게 울부짖는 바람을 만난 일이 있는데, 이후 그의 문장이 더욱 호탕해졌다.

옛 문인들이 가르치길, 천지 사이에서 일어나는 만물의 변화 가운데 글이 안 되는 것이 없다고도 했다. 이태백은 채석강에서 놀았고, 소동파는 적벽강 가을 달빛 아래서 놀았고, 백낙천은 심양강 달 밝은 밤에 놀았고, 세조 대왕은 속리산 문장대에서 놀았으니 나 또한 아니 놀지는 못하리라."

방자는 하는 수 없이 사방 경개(景槪)를 주워섬긴다.

"서울로 말하면 자하문 밖 내달려 칠성암, 청련암, 세검정, 더 올라가면 평양 연광정, 대동루, 모란봉, 동쪽으로 양양의 낙산사, 남으로 내려와 보은 속리산 문장대, 안의의 수승대, 진주 촉석루, 밀양 영남루가 어떨지 모르겠으나, 전라도로 말하자면 태인의 피향정, 무주의 한풍루, 전주의 한벽루가 좋습니다. 남원 경치로 말하자면 동문 밖으로 나가시면 우거진 숲 속 선원사가 좋고, 서문 밖으로 나가시면 관왕

묘의 위풍이 대단하고, 남문 밖으로 나가시면 광한루 오작교, 영주각이 좋고, 북문으로 나가시면 푸른 하늘에 기암이 둥실 솟은 교룡산성이 좋으니 가시고 싶은 대로 가십시오."

"네 말 들으니 광한루 오작교가 좋은 곳이로구나! 그리 구경 가자."

외출하는 이 도령의 거동이 재미있다. 먼저 아버지 이 사또 앞에 가 공손히 여쭌다.

"오늘 날씨가 화창하니 잠깐 나가 성을 한 바퀴 돌며 시를 생각해 보겠습니다."

"남원 풍물을 구경하고 돌아오되 좋은 시를 써 보거라."

아들의 속도 모르고 사또 크게 기뻐하며 허락하는 말이다.

먼저 달려간 마음을 따라 급히 물러 나온 이 도령은 방자를 불렀다.

"얘, 빨리 나귀에 안장 지워라."

방자, 분부를 듣고 안장을 짓는데, 붉은 실로 꾸민 말의 가슴걸이, 산호 손잡이 채찍, 옥안장에 비단 언치, 황금으로 만든 재갈, 청홍색

● **충효록**(忠孝錄) 충신과 효자의 행적을 기록한 책.
● **요순시절**(堯舜時節) 요임금과 순임금이 덕으로 천하를 다스리던 태평한 시대.
● **왕희지**(王羲之) 중국 진(晉)나라의 서예가. 서성(書聖)이라고 불린다.
● **사마천**(司馬遷) 중국 전한(前漢)의 역사가로 역사책 《사기》를 완성했다.
● **소동파**(蘇東坡) 중국 북송의 문인. 당송 팔대가의 한 사람으로 〈적벽부〉를 지었다.
● **백낙천**(白樂天) 중국 당나라의 뛰어난 시인 백거이(白居易)를 말한다.
● **관왕묘**(關王廟) 중국 한(漢)나라의 장수 관우의 영정을 모신 사당.
● **가슴걸이** 말의 가슴에 걸어 안장에 매는 가죽끈.
● **언치** 말이나 소의 등에 깔아 주는 방석이나 담요.

실로 만든 굴레에 붉은 털로 꾸민 말 머리, 말다래 층층 달고, 은 입힌 등자에 호피 돋움 방석이 호사스럽고, 앞뒤걸이에는 염불 스님 염주 매듯 줄방울을 달아 놓았다.

"도련님, 나귀 대령했어요."

나귀 타러 나오는 도련님 거동을 보자. 옥 같은 고운 얼굴에 신선 같은 풍채, 얇은 나무판 같은 머리채 곱게 빗어 밀기름에 잠재우고, 노랗게 무늬 놓은 비단 댕기를 석황 물려 잡아맸다. 성천의 좋은 비단으로 만든 겹배자, 가는 모시로 솜씨 좋게 지은 바지, 최고급 무명 겹버선에 남색 비단 대님 매고, 저고리 위 비단 겹배자에는 밀화단추를 달아 입고, 통행전을 무릎 아래 느슨히 매고, 비단 허리띠에는 비단 주머니를 맵시 있게 잡아매고, 긴 동정 단 비단 중치막에 도포를 받쳐 입고, 까만 비단 띠를 가슴 위에 눌러 매고, 당초 무늬 곱게 새긴 가죽신을 끌며 나온다.

"방자야, 나귀 붙들어라."

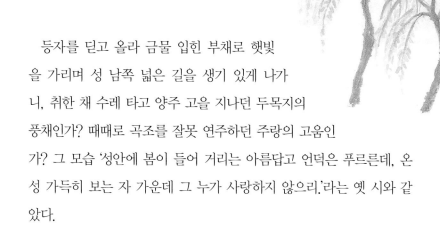

   등자를 딛고 올라 금물 입힌 부채로 햇빛
을 가리며 성 남쪽 넓은 길을 생기 있게 나가
니, 취한 채 수레 타고 양주 고을 지나던 두목지의
풍채인가? 때때로 곡조를 잘못 연주하던 주랑의 고움인
가? 그 모습 '성안에 봄이 들어 거리는 아름답고 언덕은 푸르른데, 온
성 가득히 보는 자 가운데 그 누가 사랑하지 않으리.'라는 옛 시와 같
았다.

* **말다래** 말 탄 사람의 옷에 진흙이 튀지 않도록 가죽 같은 것으로 만들어 말의
  배 양쪽에 늘어뜨리는 물건.
* **등자(鐙子)** 안장에 달아 말 양쪽 옆구리로 늘어뜨려, 말을 탈 때 두 발로 디디는 것.
* **통행전(筒行纏)** 바지를 입을 때 정강이에 감아 무릎 아래 매는 통이 넓은 물건.
* **중치막** 벼슬하지 않는 선비가 덧입던 웃옷.
* **취한~풍채인가?** 두목지가 술에 취해 수레를 타고 양주를 지날 때,
  늠름한 풍채를 흠모한 기생들이 귤을 던져 수레에 가득했다는 고사.
* **때때로~고움인가?** 오(吳)나라 사람 주랑(주유)은 풍채가 아름다워
  제자들이 얼굴을 보려고 때때로 거문고를 일부러 잘못 연주했다 한다.
* **성안에~않으리** 당나라 시인 잠삼(岑參)의 시 〈위절도적표마가(衛節
  度赤驃馬歌)〉의 한 구절.

이윽고 광한루에 올라가 사면을 살폈다. 멀리 적성산에는 아침 늦은 안개가 걸려 있고 저문 봄은 푸른 버들가지에 걸려 있었다. '붉은 누각에 해가 비치고 찬연한 방들은 영롱하니.'라는 노래는 임고대를 말하는 것이고, '아름답고 찬란한 누각은 어찌 그리 높은가.'는 광한루를 두고 하는 말이다. 악양루 고소대와 오나라 초나라의 동남쪽 물은 동정호로 흘러 들어가고 연자루 서북의 팽택이 완연하다. 또 한 곳을 바라보니 희고 붉은 꽃이 어지러이 핀 가운데 앵무새 공작새가 날아들고, 산천경개를 둘러보니 키 작은 소나무와 떡갈나무가 바람에 못 이겨 흐늘흐늘, 폭포수 흐르는 시냇가에 꽃들은 방긋방긋, 낙락장송은 울창하고 녹음방초가 봄꽃보다 좋은 시절이었다. 계수나무, 자단, 모란, 벽도에 취한 산이 장강 요천 시냇물에 풍덩 잠겨 있다.

또 한 곳을 바라보니 어떤 미인이 봄 새 울음과 같은 자태로 온갖 춘정을 이기지 못해 진달래 질끈 꺾어 머리에도 꽂아 보고, 함박꽃도 질끈 꺾어 입에 담쏙 물어 보고, 비단 저고리 반만 걷고 청산유수 맑은 물에 손도 씻고 발도 씻고, 물 머금어 양치하며 조약돌 덥석 집어 버들가지에 앉은 꾀꼬리를 희롱하니 '가지에 앉은 꾀꼬리를 때려서 일으킨다.'라는 옛 노래가 바로 이것이 아닌가? 버들잎도 주루룩 훑어 물에 훨훨 띄워 보고, 백설 같은 암수 흰나비 벌들은 꽃술 물고 너울너울 춤을 추고, 황금 같은 꾀꼬리는 숲마다 날아든다.

광한루의 경치도 좋았지만 광한루에서 보는 오작교의 경치는 더욱 좋았다. 이 도령은 마음속에 흥이 저절로 일어나서,

'저것이 오작교라면 견우와 직녀는 어디 있단 말인가? 이런 좋은 경

치에 풍월이 없으랴!'

속으로 중얼거리며 곧 붓을 들어 시 한 수를 지었다.

　높고 환한 오작의 배 위에
　옥 계단 층층 놓인 광한루
　아, 하늘의 직녀는 누구인가
　흥겨운 오늘 내가 바로 견우인 것을

마침 술상이 나왔다. 술 한잔을 걸치니 취흥이 가슴 가득 밀려왔다. 술상을 방자와 심부름꾼에게 물려 준 이 도령은 담배 한 대 피워 물고 봄기운에 잠겨 이리저리 거닐며 온갖 경치에 흥겨워 한다. 충청도 곰산, 수영 보련암을 자랑해 보았자 이곳 경치를 당할 수 있겠는가? 붉을 단, 푸를 청, 흰 백, 붉을 홍, 고몰고몰이 단청, 버드나무 휘늘어진 곳, 짝 부르는 꾀꼬리 소리가 봄기운을 돋워 준다. 이 도령의 거동은 마치 왕나비가 향기를 찾는 것 같았다. 이 도령은 달나라 궁전에 산다는 미인 항아를 찾고 있었는지도 모른다.

- **적성산(赤城山)** 순창 지방에 있는 산.
- **붉은~영롱하니, 아름답고~높은가** 당나라 시인 왕발(王勃)의 시 〈임고대(臨高臺)〉를 인용한 것이다.
- **연자루~완연하다** 앞의 구절에서 중국의 임고대와 남원의 광한루를 비교했듯이 중국의 유명한 악양루, 고소대와 순천의 연자루를 비교해, 연자루의 서북쪽 곧 남원 광한루 서남방 요천 쪽의 평평한 습지가 아주 뚜렷이 보인다는 뜻이다.
- **항아(姮娥)** 남편의 불사약을 훔쳐 달 속으로 달아났다는 예(羿)의 아내.

춘향, 광한루에 그네 타러 가다

이날이 마침 단오일, 일 년 가운데 가장 좋은 시절이었다. 월매의 딸 춘향이도 시와 글씨, 음악과 가락에 능통하니 단옷날을 모를 리 없었다. 그네를 타려고 향단이를 앞세우고 길을 나섰다. 난초같이 고운 머리를 곱게 땋아 금으로 봉황을 수놓은 비녀로 치장하고, 엷은 비단 치마를 두르고 버들처럼 흐늘흐늘 아장아장 걸어가니, 녹음방초 우거지고 금잔디 좌르륵 깔린 곳에 황금 같은 꾀꼬리는 쌍쌍이 오고 간다.

무성한 버드나무 백 척 높은 곳에 줄을 매고 그네를 타려 할 때, 무늬 고운 초록 장옷, 남색 비단 홑단치마 훨훨 벗어 나뭇가지에 걸어 놓고, 당초무늬 수놓은 자줏빛 비단신은 썩썩 벗어 던져두고, 하얀 비단 속바지는 턱밑까지 추켜올리고, 부드럽게 누인 삼 껍질 그넷줄을 섬섬옥수 넌짓 들어 두 손으로 갈라 잡고, 하얀 비단 버선발로 살짝 올라

발 구를 제, 가는 버들 같은 고운 몸 단정히 노니는데, 뒷머리엔 옥비녀와 은머리꽂이, 앞에는 밀화장도, 옥장도, 둥근 달 수놓인 겹저고리에 고름이 맵시가 난다.

"향단아, 밀어라."

한 번 구르고 두 번 굴러 힘을 주니 발밑의 가는 티끌 바람 따라 펄펄 날고, 앞뒤 점점 멀어져 가니 머리 위 나뭇잎은 몸을 따라 흔들흔들. 그네가 오고 갈 때 살펴보니 녹음 속에 붉은 치맛자락 바람결에 내비치니 구만리 높은 하늘 흰 구름 속에 번갯불이 비치는 듯. 문득 앞에 있더니 문득 다시 뒤에 있다. 앞에 어른거리는 모습은 가벼운 제비가 떨어지는 복숭아꽃 한 잎 차는 듯하고, 뒤로 번뜻하는 모습은 광풍에 놀란 나비 짝을 잃고 날아가다 돌이키는 듯, 무산 선녀가 구름을 타고 내려오는 듯. 나뭇잎도 물어 보고 꽃도 질끈 꺾어 머리에다 실근실근 꽂아도 본다.

"애, 향단아. 그네 바람이 독해서 정신이 어찔어찔하다. 빨리 그넷줄 좀 붙들어라."

춘향이 갑자기 향단을 부르니 향단이 그네를 붙잡으려고 왔다 갔다 하는 사이 비녀는 쟁그랑 돌 위에 떨어지고, '비녀, 비녀.' 하는 소리는 산호 머리꽂이 들어 옥쟁반을 깨뜨리는 듯하니 춘향의 그런 모습은 도무지 세상 사람 같지 않았다.

• **밀화장도(蜜花粧刀)** 밀랍같이 누런빛이 나는 호박(琥珀)으로 꾸민 칼집이 있는 작은 칼.
• **무산 선녀(巫山仙女)** 초나라 양왕이 만나 하룻밤을 보냈다는 전설 속의 선녀.

조선 시대의 복식

골라 입는 재미가 있다

조선 시대 사람들은 어떤 옷차림을 했을까요? 지금 우리의 눈으로 보면 다 비슷비슷해 보이는 단순한 옷들이지요. 골라 입는 재미라곤 도무지 없었을 것 같습니다. 하지만 춘향과 이 도령처럼 나름대로 사치와 화려함을 뽐내는 사람들도 있었답니다. 일부 특권층에게만 가능한 이야기이긴 하지만, 비슷한 모양의 옷이라 해도 옷감을 달리해서 변화를 주었고, 특히 장신구나 신발 등은 무척 화려하고 다채로웠습니다.

흑립 좁은 의미의 갓. 조선 시대 사대부의 대표적인 관모였다.

갓끈 갓끈은 가슴까지 길게 늘어뜨려 양반 남성들의 멋과 품위를 드러내 주었다. 천으로 만들어 묶는 갓끈 외에 옥, 산호, 밀화, 대나무 등을 끈에 끼워 갓에 달기도 했다.

단추 호박 등의 보석으로 만들어 저고리나 배자에 달아 입었다.

중치막 조선 중기 이후 다양해진 남자 겉옷의 하나. 깃은 곧고 소매는 넓으며, 겨드랑이부터 옆이 트여 안쪽 옷이 보인다.

배자 저고리 위에 덧입는 옷. 어깨만 붙어 있고 겨드랑이 아래가 트여 있어 긴 끈으로 앞에서 맨다.

목화와 태사혜 남자의 신발은 신목이 있는 '화'와 신목이 없는 '혜'로 나뉜다. 다양한 종류의 신발 중 '목화'는 관복을 입을 때 신었고, '태사혜'는 양반 남성의 평상화로 코와 뒤에 줄무늬를 넣었다.

비녀 겨울에는 주로 금은 비녀를 쓰고 봄, 가을에는 비취, 옥, 산호 등의 보석으로 만든 비녀를 썼다.

뒤꽂이 쪽의 위아래에 꽂는 것으로 비녀같이 갖은 보석으로 만들었다.

저고리 조선 중기 이후로 저고리 길이가 매우 짧아지고 품도 줄어 몸에 꼭 맞게 입었다.

장옷 밖에 나갈 때 얼굴을 가리기 위해 쓴 것으로 두루마기와 비슷한 형태이다.

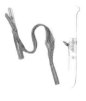

장도 부녀의 절개를 상징하는 노리개로, 호신용으로 사용했다. 은젓가락을 매달아 음식에 독이 있는지 알아보는 데 쓰기도 했다.

가락지 칠보, 옥, 마노, 호박, 비취, 동 같은 것으로 만들어 계절에 맞춰 끼었다.

치마 폭이 넓은 치마에 속옷을 여러 개 겹쳐 한껏 부풀려 입었고 상체에 비해 하체를 극도로 강조했다.

당혜 여자 신발 중 하나로 신코와 뒤꿈치에 당초무늬를 넣었다.

이 도령, 춘향을 만나다

제비가 이리저리 날아다니는데, 이 도령은 마음이 울적하고 정신이 어질어질하여 별생각이 다 났다. 그래서 혼잣말로 중얼거린다.

"돛 없는 작은 배를 타고 오호에서 범소백을 따라갔으니 서시가 올리 없고, 해성 달밤에 슬픈 노래로 초패왕을 이별하던 우미인도 올 리 없고, 천자를 하직하고 오랑캐 땅으로 간 후 홀로 무덤에 누웠으니 왕소군이 올 리도 없고, 장신궁 깊이 닫고 백두음 읊고 있으니 반첩여가 올 리도 없고, 아침마다 소양궁에서 왕을 모시고 돌아오니 조비연도 올 리 없다. 낙포 선녀인가, 무산 선녀인가."

혼이 중천에 날아 온몸이 고단하니 참으로 넋 빠진 사람의 모습이로다. 진실로 결혼 전 총각의 모습이로다.

"얘야, 저 건너편 버들가지 사이로 오락가락 희뜩희뜩 어른거리는 것이 무엇이냐? 자세히 보고 오너라."

통인이 살펴보고 돌아와 말하기를,

"다른 무엇이 아니라 이 고을 기생 월매의 딸 춘향이란 계집입니다."

이 도령 엉겁결에,

"거 좋다, 훌륭하다."

자기도 모르게 이런 말이 입에서 새 나갔다.

"어미는 기생이지만 춘향이는 콧대가 높아 기생질을 마다하고 여자가 갖춰야 할 자질을 다 갖추고 거기다 문장까지 갖추었으니 여염집 규수와 다름없습니다."

통인은 신이 나서 물어보지도 않은 말까지 주워섬겼다.

허허 웃으며 이 도령은 방자를 불렀다.

"듣고 보니 원래 기생의 딸이로구나! 빨리 가서 불러오너라."

방자놈 여쭈오되,

"눈처럼 흰 살결과 꽃처럼 고운 얼굴에 반해 부사, 군수, 현감, 내로라하는 관장, 양반 오입쟁이들이 무수히 만나 보려 했지만, 덕행과 정절이 드높아 누구도 뜻을 이루지 못했습니다. 여자들 가운데 군자라

• 서시(西施), 우미인(虞美人), 왕소군(王昭君), 반첩여(班婕女), 조비연(趙飛燕) 모두 중국 역사와 고사에 등장하는 이름난 미인들.
• 백두음(白頭吟) 백두음은 탁문군이 지은 것이고 반첩여가 지은 것은 원가행(怨家行)이다.
• 낙포 선녀(洛浦仙女) 낙수에 빠져 죽어 신이 되었다고 하는 복희씨의 딸 복비(宓妃)를 말한다.
• 통인(通引) 조선 시대에 수령의 잔심부름을 하던 구실아치.
• 오입쟁이 아내가 아닌 여자와 관계를 맺는 사람을 낮잡아 이르는 말.

함부로 다루기 어렵습니다. 불러오기 어려울 것이니, 도련님 그만두십시오."

"어허 방자야, 네가 물건마다 임자가 따로 있다는 말을 모르는구나! 형산의 백옥도 여수의 황금도 임자가 따로 있느니라. 잔말 말고 불러오너라."

이 도령의 분부를 듣고 춘향을 부르러 가는 방자의 품새는 요지의 잔치에 서왕모 편지를 물고 날아가던 파랑새 같았다.

"여봐라, 애 춘향아!"

난데없이 사내가 부르는 소리에 춘향은 깜짝 놀랐다.

"아니, 넌 방자 아니냐? 그런데 무슨 소리를 그 따위로 질러 사람을 놀래키느냐?"

"애, 말 마라. 일 났다."

"일이라니 무슨 일?"

"사또 자제 도련님이 광한루에 오셨다가 너 노는 모양을 보고 불러오란다."

춘향이 화가 나서 타박을 한다.

"네가 미친 자식이구나! 도련님이 나를 어떻게 알고 부른단 말이냐? 네가 종달새 삼씨 까듯 조잘거렸겠지."

"아니다, 아니야. 내가 그런 말을 할 리도 없지만 잘못된 것은 내가 아니라 바로 너다. 계집아이가 그네를 타려면 집 안 후원에 남이 알까 모를까 은근히 줄을 매고 탈 일이지, 이런 날 하필이면 광한루가 멀지 않은 이런 곳에서, 녹음방초가 꽃보다 나은 이런 좋은 때에 그네를 탄

단 말이냐. 방초는 푸르고 버들은 초록을 두르고 뒷내의 버들은 연녹 휘장을 두른 채 한 가지는 늘어지고 한 가지는 사나운 바람에 흐늘흐늘 춤을 추는데, 광한루 구경처에 그네를 매고 네가 뛸 때 외씨 같은 두 발길로 흰 구름 사이 노닐 적에 붉은 치맛자락 펄펄, 흰 명주 속곳이 동남풍에 펄렁펄렁, 박속 같은 네 살결이 희뜩희뜩하니 도련님이 그걸 보시고 너를 부르는데 내가 무슨 말을 지저귄단 말이냐? 다 네 탓이니 잔말 말고 어서 가자."

"듣고 보니 네 말이 옳다. 그렇지만 오늘은 단옷날, 여기서 그네를 탄 처자가 나뿐이 아니다. 그리고 난 지금 관청에 매인 기생도 아니니 여염집 사람을 함부로 부를 일도 없고, 부른다고 해도 갈 까닭이 없다. 애초에 네가 말을 잘못 들은 모양이다."

방자는 춘향과의 친분에 떠밀려 돌아와 도련님께 그대로 말을 전했다. 이 도령이 그 말을 듣고는,

'기특한 사람이다.'

고개를 끄덕이며 이렇게 저렇게 말을 하라고 다시 방자에게 일렀다. 방자가 다시 가 보니 그 사이 춘향은 집에 돌아가고 없었다. 하는 수 없이 집으로 찾아가니 마침 춘향 모녀가 점심상을 받고 있었다. 방자가

- **형산**(荊山)**의 백옥**(白玉) 중국 형산에서 나는 백옥이라는 뜻으로, 보물로 전해 오는 흰 옥돌을 이른다.
- **요지**(瑤池) 중국 곤륜산에 있다는 못. 신선이 살았다고 전해진다.
- **서왕모**(西王母) 곤륜산에 산다는 신선. 주나라 목왕(穆王)이 서쪽을 정벌하고 나서 요지에 서왕모를 초대해 함께 잔치를 벌였다고 한다.
- **뒷내** 집이나 마을의 뒤에 있는 개천.

들어가니 춘향이 묻는다.

"아니, 너 왜 또 왔느냐?"

"황송한 일이다. 도련님이 다시 전갈하라고 해서 왔다. '내가 너를 기생으로 알아서가 아니라 글을 잘한다기에 청하는 것이다. 여염집 처자를 부르는 것이 듣기에 이상하기는 하나 흠으로 생각하지 말고 잠깐 다녀가라.'고 하시더라."

춘향은 그 말뜻을 알고 가고 싶은 마음이 동했으나 모친의 뜻을 몰라 말없이 앉아 있었다. 그때 춘향의 어머니 월매가 정신이 나간 듯 말을 했다.

"꿈이라는 것이 헛일은 아니구나! 지난밤에 꿈을 꾸었는데 연못에 청룡이 나타나 무슨 좋은 일이라도 있을까 했더니 이건 우연이 아니다. 마침 이 도령의 이름이 또한 꿈 몽(夢) 자에 용 룡(龍) 자가 아니냐? 거참. 그러나저러나 양반이 부르는데 안 갈 수가 있겠느냐. 잠깐 다녀오너라."

그제서야 춘향은 못 이기는 체하며 일어나 방자를 따라나섰다. 광한루로 건너가는 춘향의 느릿느릿 사뿐사뿐한 걸음걸이는 마치 대들보 위에 명매기 걸어가는 듯, 양지 마당에 씨암탉 걸어가는 듯, 흰 모래밭에 금자라가 걸어가는 듯했다. 달 같은 자태와 꽃 같은 얼굴, 고운 태도로 느릿느릿 건너갈 때, 흐늘흐늘 월나라 서시가 토성에 올라 연습하던 걸음걸이로 건너올 때, 도련님은 난간에 절반쯤 비껴 서서 느긋하게 기다린다.

춘향이 광한루 가까이 다가오는 것을 보고 있던 이 도령은 좋아라 입이 찢어져 춘향을 자세히 살핀다. 하늘하늘하고 아리따워 달 같은 자태와 꽃 같은 얼굴 세상에 비길 데 없고, 얼굴은 깨끗하고 단정하니 맑은 강에서 노는 학이 눈 위에 내린 달빛에 비친 듯하고, 붉은 입술 하얀 이가 반쯤 열리니 별 같기도 하고 구슬 같기도 했다. 연지를 품은 듯, 고운 맵시는 살포시 어린 안개 석양에 비친 듯, 푸른 치마 영롱하니 무늬는 은하수 물결 같다. 연꽃 같은 걸음걸음 조용히 옮겨 천연히 누에 올라와 부끄러이 고개를 숙이고 서 있다.

이 도령이 통인을 불러 말을 전한다.

"앉으라고 일러라."

춘향의 고운 태도와 얼굴을 단정히 하여 앉는 모습 살펴보니, 푸른 물결 흰 돌 위에 비 새로 내린 뒤 목욕하고 앉은 제비 사람 보고 놀라는 듯한데, 별로 단장한 것도 없이 있는 그대로 나라 안 제일갈 미녀였다. 옥 같은 얼굴 마주하니 구름 사이 지나는 밝은 달 같고, 붉은 입술 반쯤 여니 수중의 연꽃과 흡사하다.

"신선을 알 수는 없지만 영주산 놀던 선녀 남원에 귀양 오니 월궁에서 놀던 선녀들 벗 하나를 잃었구나. 네 얼굴 네 태도 세상 인물이 아니로구나."

그때 춘향 또한 은근한 정을 품고 고개를 잠깐 들어 이 도령을 살펴보니, 천하의 호걸이요 속세의 기이한 남자였다. 이마가 높으니 소년으

• **명매기** 제빗과의 여름 철새. 귀제비라고도 한다.
• **월궁**(月宮) 달 속에 있다는 궁전.

로 공명을 이룰 것이요, 이마와 턱,
코와 좌우 광대뼈가 조화를 이루었
으니 나라 지킬 충신이 될 형상이라.
마음에 흠모의 정이 불 일듯 일어났
으나 예쁜 눈썹을 숙이고 무릎을
여며 단정히 앉아 있을 뿐이다.

　이 도령이 입을 열었다.

　"성현들도 같은 성끼리는
결혼하지 않는다고 했는데,
네 성은 무엇이고 나이는
몇이냐?"

　"성은 성(成)가이고 나
이는 열여섯입니다."

대답을 들은 이 도령 얼굴에 더욱 화색이 돈다.
"허허, 그 말 참 반갑다. 동갑에 성 또한 다르니
  천생연분이구나! 이성지합° 좋은 연분 평생 함
  께 즐겨 보자. 부모님은 모두 살아 계시냐?"
  "홀어머니를 모시고 삽니다."
  "형제는 몇이냐?"
  "올해 육십 되신 우리 어머니 외동딸이랍니다."
  "귀한 딸이구나! 이렇게 하늘이 정한 연분으로
  만났으니 우리 둘이 평생 재미나게 살아 보자."

● **이성지합** 두 성씨를 의미하는 이성(二姓), 이씨와 성씨를 의미하는
  이성(李成), 혹은 남녀를 뜻하는 이성(二性) 사이의 만남, 어느 것으
  로도 해석이 가능하다.

그 말을 들은 춘향이 고운 눈썹을 찡그리며 붉은 입술을 살짝 열어 옥구슬 같은 목소리로 대답했다.

"충신이 두 임금을 섬기지 않고 열녀가 두 지아비를 모시지 않는다는 것이 옛글의 가르침입니다. 도련님은 귀공자이지만 소녀는 천한 여자라, 한번 사랑을 준 후에 떠나 버리면 저는 평생 빈방에 홀로 누워 눈물바다에 빠져 허우적거릴 것입니다. 그런 말씀일랑 그만두십시오."

"네 말을 들으니 참으로 기특하구나! 걱정 마라, 쇠나 돌처럼 굳은 인연을 맺을 것이니. 네 집은 어디쯤이냐?"

"방자 불러 물어보십시오."

"내 너더러 묻는 말이 허황하구나. 이 애, 방자야, 춘향 집을 속히 일러라."

말 많은 방자 손을 넌지시 들어 가리키며 한마디 거든다.

"저기 저 건너 동산이 울창하고 연못이 맑아 물고기 뛰놀고 온갖 고운 화초가 만발한데, 나무 위에 앉은 새는 호사스러움을 자랑하고, 바위 위의 굽은 솔은 맑은 바람이 건듯 부니 늙은 용이 꿈틀거리는 듯, 집 앞엔 버들가지 하늘하늘 늘어지고, 들쭉나무·측백나무·전나무, 그 가운데 은행나무는 암수 서로 마주 서고, 초당 문 앞에는 오동나무·대추나무, 깊은 산중 물푸레나무, 포도·다래·으름 덩굴 휘휘 칭칭 감긴 채 담장 밖에 우뚝 솟았는데, 그 뒤에 소나무 정자와 대숲 사이로 은은히 보이는 게 춘향의 집입니다."

이 도령은 방자가 가리키는 곳을 유심히 바라보았다.

"담장이 깨끗하고 대숲이 빽빽한 것이 저 집 여자의 절개를 짐작할

만하구나!"

춘향이 일어나며 부끄러운 듯 말한다.

"세상 인심이 고약한데 말 나겠어요. 그만 놀고 가겠습니다."

"들을수록 기특한 말만 하는구나! 오늘 밤 찾아갈 테니 부디 괄시
나 하지 마라."

"난 몰라요."

"네가 모르면 누가 알겠느냐? 잘 가거라. 오늘 밤 상봉하자."

누각을 내려가 춘향이 집에 도착하니 문간에서 기다리고 있던 월매
가 야단스레 반겼다.

"아이고, 내 딸, 인제 오느냐? 그래 도련님이 뭐라고 하시더냐?"

"뭐긴 뭐래요. 조금 앉았다가 일어나려니까 저녁에 우리 집에 오겠
다고 합디다."

"그래서 뭐라고 대답했느냐?"

"모른다고 했지요."

"자—알 했다."

《춘향전》의 문체

샌님 문체, 상놈 문체

《춘향전》을 읽다 보면 어려운 말도 나오고, 길게 늘어지는 문장들이 많은데, 천천히
곱씹어 읽어 보면 특유의 맛과 재미를 느낄 수 있습니다. 그 바탕을 이루는 특이한 표현과
내용 들은 《춘향전》이 원래 판소리로 불렸기 때문에 생겨난 것들이랍니다. 판소리는
처음에 주로 민중 사이에서 발전하다가 점차 양반의 관심과 후원을 받습니다. 그래서
작품 속에 두 계층의 관심사나 생활 모습들이 뒤섞였지요. 자연히 문체에서도 양반과
민중, 두 계층의 특징이 고스란히 드러나는데요. 《춘향전》의 이원적인 주제 의식, 세계관,
인물 성향과 어울려 작품의 재미를 더해 주는 두 가지 문체를 살펴볼까요.

샌님 문체
양반 취향의 고사와 시구
《춘향전》에는 중국 고사에 등장하는 사람들의 이름이나 유명한 글귀가 많이 나옵니다.
이몽룡이 얼마나 글을 잘하고 글씨를 잘 쓰는지 표현할 때 '글은 이태백이요, 글씨는 왕
희지'라고 하여 중국 문장가와 명필가에 빗대지요. 춘향과 이 도령이 헤어지는 장면에서
는 이별을 노래한 중국 옛 시의 구절들이 줄줄이 이어집니다. 춘향의 아름다움도 중국
고사 속의 미녀들과 견주어 표현하고 있습니다. 당시 양반 지식층은 중국의 역사와 문
장에 익숙했기 때문에 이를 활용해서 비유적인 표현으로 삼던 관습이 있었습니다. 그
바탕에는 사람됨, 아름다움 등 여러 가치의 기준까지 중국을 모범으로 삼은 양반 사회
의 풍토가 깔려 있지요.

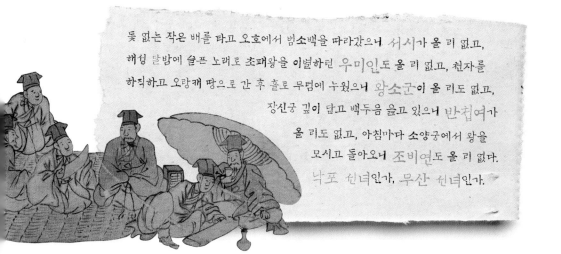

돛 없는 작은 배를 타고 오호에서 범소백을 따라갔으니 서시가 올 리 없고,
해칭 달밤에 슬픈 노래로 초패왕을 이별하던 우미인도 올 리 없고, 천자를
하직하고 오랑캐 땅으로 간 후 홀로 무덤에 누웠으니 왕소군이 올 리도 없고,
장신궁 깊이 닫고 백두음 읊고 있으니 반첩여가
올 리도 없고, 아침마다 소양궁에서 왕을
모시고 돌아오니 조비연도 올 리 없다.
낙포 선녀인가, 무산 선녀인가.

강변에서 판소리를 듣고 있는 사람들의 모습. 작자 미상, 서울대학교 박물관 소장.

상놈 문체
서민 취향의 경쾌한 가락과 말의 재미

《춘향전》에는 일반 서민이 쓰는 말들이 자연스럽게 녹아 있어 재미를 더해 줍니다. 사설처럼 이야기가 속도감 있게 전개되기보다는 상황이나 대상을 묘사하는 표현이 길게 이어지는 경우가 많지요. 이런 표현은 대체로 가락이 흥겹고, 백성들이 일상에서 쓰는 감각적인 말들과 상소리들이 섞여 있어 지루하지 않습니다. 특히 반복되는 가락은 이 이야기가 판소리로 불렸기 때문에 나온 것인데, 소리 내어 읽어 보면 더욱 감칠맛이 있습니다. 《춘향전》의 문체가 지닌 가치는 한문을 숭상하던 조선 시대에 이렇듯 우리말 표현을 잘 살려 쓴 데 있습니다. 구어체의 한글 표현은 생동감 있는 민중의 생활상을 담는 동시에 다양한 인물의 성격을 생생하게 살려 내는 역할을 하고 있습니다.

방초는 푸르고 버들은 초록을 두르고 뒷내의 버들은 연녹 휘장을 두른 채 한 가지는 늘어지고 한 가지는 사나운 바람에 흐늘흐늘 춤을 추는데, 광한루 구경처에 그네를 매고 네가 뛸 때 외씨 같은 두 발길로 흰 구름 사이 노닐 적에 붉은 치맛자락이 펄펄, 흰 명주 속곳이 동남풍에 펄렁펄렁, 박속 같은 네 살결이 희뜩희뜩 하니 도련님이 그걸 보시고 너를 부르는데 내가 무슨 말을 지저귄단 말이냐?

이 도령, 춘향이 그리워
안절부절못하다

잠깐 춘향을 만나고 공부방으로 돌아온 이 도령은 춘향 생각에 책에는 뜻이 없어졌다. 책을 펼치면 고운 말소리 귀에 쟁쟁하고 어여쁜 맵시는 눈에 삼삼했다. 해 지기만을 기다리며 방자를 자꾸 귀찮게 했다.

"방자야, 해가 어디 있느냐?"

"동쪽에서 막 떠오르고 있지요."

"이 괘씸한 놈, 서쪽으로 지는 해가 동쪽으로 도로 가겠느냐. 다시 살펴라."

"해가 함지에 딸랑 떨어져 서쪽 하늘은 황혼 되고 동쪽 고갯마루에는 달이 고개를 내밀었습니다요."

저녁상이 들어왔으나 이 도령은 입맛이 없었다. 이리 뒹굴 저리 뒹굴 관청의 공무가 다 끝날 시간만을 학수고대하고 있었다.

"물러가라는 영(令)을 기다리라."

하고 방자에게 분부하고는 책상에 놓인 책을 뒤적인다. 《중용》·《대학》·《논어》·《맹자》·《시경》·《주역》이며, 《고문진보》·《통감》·《사략》과 《이백》·《두시》·《천자문》까지 내놓고 글을 읽는데 무슨 글을 읽어도 다 춘향이었다.

《시경》을 읽는데,

"'끼룩끼룩 우는 징경이는 물가에 노니는데 요조숙녀는 군자의 좋은 짝일레라.' 아서라, 그 글도 못 읽겠다."

《대학》을 읽는데,

"'대학(大學)의 도(道)는 밝은 덕을 밝히는 데 있고 백성을 새롭게 하는 데 있으며' 춘향이에게 있도다."

춘향이 나오자 그만 덮고 이번에는 《주역》을 읽는다.

"'원은 형코 정코' 춘향이 코 딱 댄 코 좋고 하니라."

《등왕각》을 읽는데,

"'남창은 옛 고을이요 홍도는 새 고을이로다.' 옳다. 그 글은 그럴듯하다."

다시 《맹자》를 읽는데,

● **함지(咸池)** 해가 떨어진다는 신화 속의 연못.

● **징경이** 수릿과의 새인 물수리.

● **원은 형(亨)코 정(貞)코** 《주역》의 첫머리에 나오는 천도(天道)의 네 가지 덕(德)인 '원형이정(元亨利貞)'을 멋대로 읽은 것.

"'맹자가 양혜왕을 뵈니 왕이 말하기를 어른께서 천 리 길을 멀다 않고 찾아 주시니' 춘향이 보시러 오셨습니까?"

《사략》을 읽는데,

"태고에 천황씨가 쑥떡으로 왕이 되어 섭제에서 나라를 일으키니, 다스리지 않아도 백성이 교화되어 형제 열한 사람이 각각 일만 팔천 년을 누렸구나."

들고 있던 방자가 말하기를,

"도련님, 천황씨가 목덕으로 왕이 되었다는 말은 들었지만 쑥떡으로 왕이 되었다는 말은 금시초문인데요."

"이 자식아, 넌 모른다. 천황씨는 일만 팔천 년을 산 양반이라, 이가 단단하여 목떡을 잘 자셨지만 요즘 선비들이야 목떡을 먹겠느냐? 공자님께서 후세 사람들을 생각하여 명륜당에 나타나시어 '요즘 선비들은 이가 부족하여 목떡을 못 먹으니 물씬물씬한 쑥떡으로 하라.'라고 하여 삼백육십 고을 향교에 통지를 보내 쑥떡으로 고쳤느니라."

방자가 그 말을 듣다가,

"도련님, 하늘님이 들으시면 깜짝 놀랄 거짓말을 하시네요."

다시 또 《적벽부》를 펼쳐 놓고 읽는데,

"'임술년 가을 음력 칠월 십육 일, 손님과 함께 적벽 아래 배를 타고 노니는데 맑은 바람은 산들산들 물결은 고요하다.' 아서라, 이 글도 못 읽겠다."

이번에는 《천자문》을 읽는다.

"하늘 천 따 지."

방자 듣고,

"도련님, 점잖지 않게 《천자문》이 웬일이에요?"

"천자라는 것은 사서삼경의 근본이다. 양나라 주사봉 벼슬을 하던 주흥사가 하룻밤 새 이 글을 짓고 머리가 하얗게 되어 책 이름을 백수문(白首文)이라 했는데, 낱낱이 새겨보면 뼈 똥 쌀 일이 많을 것이다."

"소인도 천자쯤은 압니다."

"네가 안단 말이지?"

"아는 것을 말하지요."

"안다 하니 읽어 봐라."

"그럼 들어 보십시오. 높고 높은 하늘 천, 깊고 깊은 따 지, 훼훼칭칭 감을 현, 불에 탔다 누루 황."

"예, 이놈아. 네가 상놈은 확실하구나. 어디서 장타령 하는 놈의 말을 들었구나. 내가 읽을 테니 들어 봐라. 하늘이 자시(子時)에 열렸으니 태극(太極)이 광대하구나 하늘 천(天), 땅은 축시(丑時)에 열렸으니 오행 팔괘로 따 지(地), 넓고 넓은 하늘이 비고 비어 사람의 마음을 가리키니 검을 현(玄), 스물여덟 별자리 금목수화토의 가운데 색 누루 황(黃), 우주에 해와 달이 거듭 빛나니 옥황의 집 높고 높아 집 우(宇),

---

- **목덕(木德)** 목화토금수(木火土金水), 즉 오행(五行)의 운행으로 왕조의 흥망을 설명하는 방법에 따라 신화적 인물인 천황씨를 나무의 덕을 지닌 존재로 설정한 것.
- **사서삼경(四書三經)** 유교의 경전으로 《논어(論語)》, 《맹자(孟子)》, 《대학(大學)》, 《중용(中庸)》, 《시경(詩經)》, 《서경(書經)》, 《역경(易經)》을 말한다.
- **장타령** 동냥하는 사람이 장이나 길거리로 돌아다니면서 구걸할 때 부르는 노래.

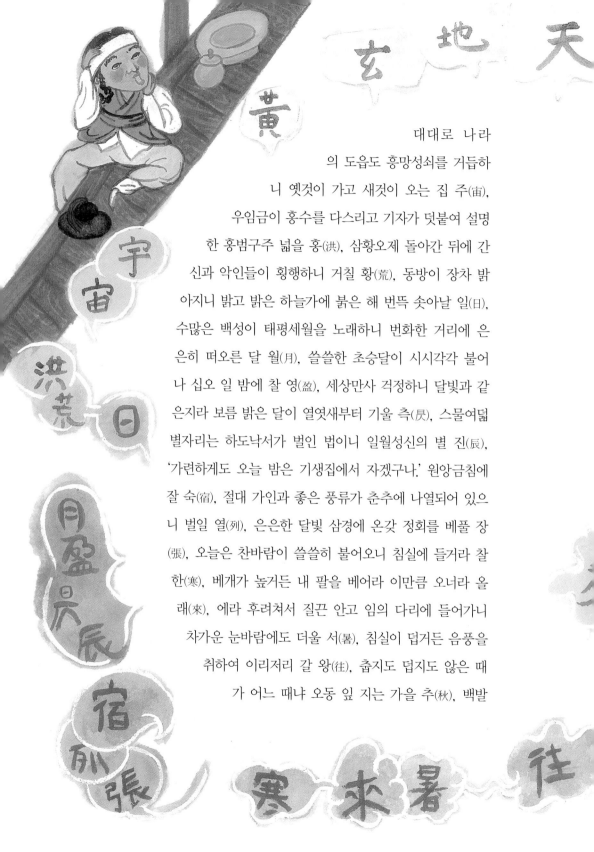

天 地 玄 黃

宇 宙 洪 荒 日 月 盈 昃 辰 宿 列 張 寒 來 暑 往

대대로 나라
의 도읍도 흥망성쇠를 거듭하
니 옛것이 가고 새것이 오는 집 주(宙),
우임금이 홍수를 다스리고 기자가 덧붙여 설명
한 홍범구주 넓을 홍(洪), 삼황오제 돌아간 뒤에 간
신과 악인들이 횡행하니 거칠 황(荒), 동방이 장차 밝
아지니 밝고 밝은 하늘가에 붉은 해 번뜩 솟아날 일(日),
수많은 백성이 태평세월을 노래하니 번화한 거리에 은
은히 떠오른 달 월(月), 쓸쓸한 초승달이 시시각각 불어
나 십오 일 밤에 찰 영(盈), 세상만사 걱정하니 달빛과 같
은지라 보름 밝은 달이 열엿새부터 기울 측(昃), 스물여덟
별자리는 하도낙서가 벌인 법이니 일월성신의 별 진(辰),
'가련하게도 오늘 밤은 기생집에서 자겠구나.' 원앙금침에
잘 숙(宿), 절대 가인과 좋은 풍류가 춘추에 나열되어 있으
니 벌일 열(列), 은은한 달빛 삼경에 온갖 정회를 베풀 장
(張), 오늘은 찬바람이 쓸쓸히 불어오니 침실에 들거라 찰
한(寒), 베개가 높거든 내 팔을 베어라 이만큼 오너라 올
래(來), 에라 후려쳐서 질끈 안고 임의 다리에 들어가니
차가운 눈바람에도 더울 서(暑), 침실이 덥거든 음풍을
취하여 이리저리 갈 왕(往), 춥지도 덥지도 않은 때
가 어느 때냐 오동 잎 지는 가을 추(秋), 백발

이 장차 우거지리니 소년 풍모 거둘 수(收), 잎
진 나무에 찬바람 부니 흰 눈에 뒤덮인 강산
겨울 동(冬), 자나 깨나 못 잊는 우리 사랑 깊
고 깊은 방 속에 감출 장(藏), 간밤 가는 비에
연꽃이 빛이 나니 부드러울 윤(潤), 이런 고운
자태 평생을 보고도 남을 여(餘), 백년가약 깊은

- 홍범구주(洪範九疇) 《서경》의 한 부분인 '홍범'에 기록되어 있는 천하를 다스리는
  아홉 가지 법.
- 삼황오제(三皇五帝) 중국 태고 때의 임금들.
- 하도낙서(河圖洛書) 하도는 복희씨 때 황하의 용마가 지고 나온 일월성신 모양의 그림이고,
  낙서는 우임금 때 낙수에서 나온 거북의 등에 그려진 그림. 《주역》과 《홍범구주》의 근원이 된다.
- 가련하게도~자겠구나 왕발의 시 〈임고대(臨高臺)〉의 한 구절.
- 춘추(春秋) 오경(五經)의 하나.

맹세 한없이 넓고 푸른 바다를 이룰 성(成), 이리저리 노닐 때 세월 가는 줄 모르니 해 세(歲), 조강지처 못 내보내고 아내 푸대접 못하나니 《대전통편》의 법 율(律), 군자의 좋은 배필 춘향 입에 내 입을 한데 대고 쪽쪽 빠니 음률 려(呂) 자가 아니냐? 애고애고 보고 싶어.”

이렇게 소리를 질러 떠들어 대니 그때 마침 사또가 저녁 진지를 마친 후 잠깐 식곤증이 몰려와 졸다가 “애고 보고 싶어.” 소리에 깜짝 놀랐다.

“이리 오너라!”

“예.”

“아니, 공부방에서 누가 침이라도 맞고 있느냐, 시큰한 다리라도 주무르고 있느냐? 알아보고 오너라.”

심부름꾼 통인이 부리나케 달려갔다.

“도련님, 웬 고함이오? 사또께서 놀라 알아보라 하시니 가서 뭐라 할까요?”

‘딱한 일이다. 이웃집 늙은이는 귀를 먹어 어렵다던데 귀가 너무 밝은 것도 예삿일은 아니구나!’

속으로는 이렇게 생각하면서도 겉으로는 짐짓 놀라 이 도령이 대답했다.

“내가 《논어》를 읽는 중에 ‘슬프다, 내가 늙었구나. 꿈에 주공을 뵙지 못한 지가 오래로구나.’ 하는 대목을 보다가 나도 주공을 보면 그렇게 해 볼까 흥취에 취해 소리가 높았으니 그대로만 여쭈어라.”

심부름꾼이 달려가 그대로 말을 전하자 사또는 이 도령에게 승부욕

이 있음을 크게 기뻐했다. 사또는 가만있을 수가 없어 밑에서 일하는 낭청을 불러 아들 자랑을 늘어놓았다.

"사또, 그사이 심심하셨지요?"

"아, 거기 앉게. 내 할 말이 있네. 우리가 어릴 적 친구로 함께 공부한 사이였으니 말이네만 어릴 때 글 읽기처럼 싫은 게 있던가? 한데 우리 아이 시흥(詩興)을 보니 이렇게 즐거울 수가 없네."

목 낭청, 무슨 말인지 아는지 모르는지 그저 대답한다.

"아이 때 글 읽기처럼 싫은 게 어디 있겠어요."

"읽기가 싫으면 잠도 오고 꾀가 무수하지. 근데 우리 아이는 매일 저렇게 밤낮을 가리지 않고 읽고 쓰고 한다네."

"예, 그런 것 같습디다."

"배운 적이 없어도 글씨 쓰는 재주가 탁월하지."

"그렇지요. 점 하나만 툭 찍어도 높은 봉우리에서 돌을 떨어뜨린 것 같고, 한 일(一)을 그어 놓으면 천 리를 뻗는 구름이요, 갓머리는 새 머리 같고, 필법은 파도와 번개요, 내리그어 치는 획은 노송이 절벽에 거꾸로 매달린 격이더군요."

"글쎄, 가만히 들어 보게. 저 아이가 아홉 살 때 서울 집 뜰에 늙은 매화가 있길래 매화나무를 두고 글을 지으라고 했더니 잠깐 만에 지었는데, 정성을 들인 것과 필요한 것만 간추리는 솜씨가 대단하니 한번

• **려(呂)** 입 구(口) 자가 두 개 맞닿아 있는 형상.
• **목 낭청** 목씨 성을 가진 낭청. 낭청(郞廳)은 지방 고을의 벼슬아치.

본 것은 바로 기억하더구만. 조정의 당당한 명사가 될 걸세."

"장래 정승이 될 재목입니다요."

낭청이 추켜 주자 사또는 신이 나서 기쁨을 감추지 못했다.

"이 사람아, 정승을 어찌 바라겠는가. 하지만 과거 급제는 쉽게 하겠지. 벼슬에 오르는 것도 어렵지는 않을 테고."

"아니, 그렇게 말할 게 아니지요. 정승을 못하면 장승이라도 되겠지요."

"자네 누구 이야기하는 줄 알고 그렇게 대답하는가?"

"대답은 했지만 누구 말인지는 모르지요."

대답은 이렇게 했지만 그것이 또한 다 거짓말이었다.

두 사람 사이에 이렇게 수작이 많으니 시간이 길어질 수밖에 없었다. 아무리 기다려도 이 도령은 사또가 잠자리에 들었다는 소리를 들을 수가 없었다. 답답해진 이 도령이 또 방자를 부른다.

"방자야!"

"예."

"어른 방에 불이 꺼졌나 보아라."

"아직 화—안합니다요."

그러는 사이 "하인 물려라."라는 긴 소리가 안에서 들려왔다.

"좋다, 좋아. 방자야, 빨리 등에 불 밝혀라!"

이 도령은 마음에 불이 났다.

이 도령, 밤에 춘향을 찾아가다

서둘러 춘향을 찾아가는 길에 달빛은 영롱하고 버들은 봄바람에 하늘거리고 있었다. 밤은 깊어 인적이 없었다. 그럭저럭 춘향 집에 당도하니 고요하고 적막한데 참으로 아름다운 밤이었다. 아, 어부는 어찌하여 도원으로 돌아가는 길을 몰랐던가?

춘향 집 문 앞에 이르니 인적은 드물고 달빛은 삼경이었다. 물고기는 뛰어놀고 대접 같은 금붕어는 임을 보고 반기는 듯, 달 아래 두루미는 흥에 겨워 짝을 부르고 있었다.

이때 춘향은 거문고를 비스듬히 안고 남풍시를 부르다가 잠깐 졸고 있었다. 춘향 집 문밖에 도착한 방자는 개가 짖을까 봐 걱정이 되어 조심스레 창문 밑으로 갔다.

"얘 춘향아, 잠들었니?"

춘향이 깜짝 놀라,

"너 어쩐 일이냐?"

"도련님이 와 계시다."

그 말을 들은 춘향은 갑자기 가슴이 울렁거리고 부끄러워 어쩔 줄

모르다가 문을 열고 나와 어머니를 찾았다.

"애고 어머니, 무슨 잠을 그렇게 깊이 주무세요."

"아가, 뭘 달라고 했느냐?"

"달래긴 내가 뭘 달랬어요."

"그러면 이 밤중에 어찌 불렀단 말이냐?"

"도련님이 방자 모시고 오셨어요."

춘향이 정신없어 하는 말이다. 월매 방자 불러 다시 묻는다.

"누가 와야?"

방자가 대답하되,

"사또 자제 도련님이 와 계시오."

월매가 그 말을 듣고 서둘러 문을 열고 나오며 향단을 불러 이른다.

"향단아, 빨리 초당에 불 밝히고 자리 마련해라!"

이것저것 몇 번이나 당부하고 춘향 어머니 월매는 방자 뒤를 따라 나왔다. 따라 나오는 모습이 반백은 넘었으나 아직 피부는 토실토실하여 곱고 몸짓은 단정했다. 예로부터 사람은 외탁을 많이 한다고 했는데 춘향도 어머니를 닮은 것이었다.

　이 도령이 문밖에서 왔다 갔다 하며 뒤를 돌아보기도 하고 흘겨보기도 하며 무료하게 서 있을 때 방자가 나왔다.

　"도련님, 춘향 모친이 나옵니다."

　춘향모 나오더니 두 손을 마주 잡고 인사를 한다.

　"그사이 도련님 편안하셨는지요?"

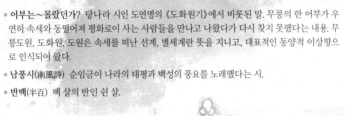

● **어부는~몰랐던가?** 당나라 시인 도연명의 《도화원기》에서 비롯된 말. 무릉의 한 어부가 우연히 속세와 동떨어져 평화로이 사는 사람들을 만나고 나왔다가 다시 찾지 못했다는 내용. 무릉도원, 도화원, 도원은 속세를 떠난 선계, 별세계란 뜻을 지니고, 대표적인 동양적 이상향으로 인식되어 왔다.
● **남풍시(南風詩)** 순임금이 나라의 태평과 백성의 풍요를 노래했다는 시.
● **반백(半百)** 백 살의 반인 쉰 살.

도련님은 반쯤 웃으며 인사를 건넨다.

"오, 춘향이 모친인가? 평안한가?"

"예, 겨우겨우 지냅니다. 오실 줄을 몰라 손님맞이가 누추합니다."

"그럴 리가 있나."

월매를 따라 이 도령은 대문과 중문을 지나 별채로 들어섰다. 초당의 등불은 버들가지 사이로 새어 나와 마치 구슬 모양의 발을 걸어 놓은 것 같았다. 초당 오른쪽의 오동나무는 그 넓은 잎 위에 이슬을 받아 뚝뚝 떨구고 있고, 왼편의 낮은 소나무는 맑은 바람이 건듯 불면 늙은 용이 꿈틀거리는 듯, 창 앞에 심은 파초는 따뜻한 햇살을 따라 봉황의 꼬리처럼 속잎을 길게 빼어 내고, 연못 속 구슬 같은 어린 연꽃은 물 밖에 겨우 떠서 옥 이슬을 받고 있었다. 대접 같은 금붕어는 용이 되려는 듯 때로 물결을 일으켜 출렁출렁, 새로 난 연잎은 받을 듯이 벌어지고, 우뚝 솟은 석가산은 층층이 쌓였는데, 섬돌 아래 학두루미는 사람을 보고 놀라 두 날개를 떡 벌리고 긴 다리로 징검징검 끨룩뚜루룩 소리를 내고, 계수나무 밑 삽살개는 짖고 있었다. 그중 반가운 것은 못 가운데 쌍오리가 손님 오신다고 두둥실 떠서 기다리는 모양이었다.

처마에 다다르니 그제야 춘향이 어머니의 명을 받들어 문을 반쯤 열고 나오는데, 모습을 살펴보니 둥그런 밝은 달이 구름 밖으로 솟은 듯 황홀하여 그 모양을 헤아리기 어려웠다. 부끄러운 듯 내려와 천연스럽게 서 있는 춘향의 모습은 사람의 간장을 녹이고도 남았다. 이 도령은 반만 웃으면서 물었다.

"피곤하지는 않은가, 저녁은 잘 먹었느냐?"

춘향은 부끄러워 대답도 못하고 서 있었다. 보다 못한 춘향모가 먼저 방으로 모신 후 차를 권하고 담배를 붙여 올린다. 담배를 받아 물고 앉았지만 이 도령은 첫 오입인지라 밖에서는 무슨 할 말이 있을 것 같았는데 막상 들어앉고 보니 말문이 막혀 공연히 헛기침을 해 대고 오한증도 들어 하릴없이 이리저리 방을 둘러본다.

방 가운데를 둘러보고 벽 위를 살피니 상당한 기물들이 놓여 있었다. 용 무늬가 새겨진 장, 봉황 무늬가 새겨진 장, 서랍이 달린 작은 장이 이리저리 놓여 있는 가운데 무슨 그림들도 붙어 있었다. 서방 없는 춘향이, 공부하는 계집아이가 세간 살림이나 그림이 있을 까닭이 없지만, 춘향 어머니가 유명한 기생이었기 때문에 딸에게 주려고 장만한 것들이었다. 조선의 유명한 명필의 글씨가 붙어 있고 그 사이에 붙은 명화들도 많지만, 다 그만두고 〈월선도(月仙圖)〉란 그림이 눈에 들어왔다. 〈월선도〉의 작은 제목들은 이러했다.

옥황상제가 높이 앉아 신하들의 조회를 받는 그림
청련거사 이태백이 황학전에 꿇어앉아 황정경을 읽는 그림
백옥루 지은 후 장길을 불러 상량문 짓게 하는 그림

● **석가산(石假山)** 정원 등에 돌을 모아 쌓아서 만든 작은 산.

● **황정경(黃庭經)** 도교 경전의 하나.

● **장길** 당나라 시인 이하(李賀)의 호. 장길이 죽기 전 붉은 비단옷을 걸친 인물이 나타나 옥황상제가 백옥루라는 궁전을 짓고 그 기(記) 짓는 일을 맡겼다는 소식을 전해 주는 꿈을 꾸었다는 이야기가 있다.

칠월　칠석날　오작교에서　견우직녀　만나는　그림
　광한전　달　밝은　밤　약을　찧는　항아　그림

　　이렇게　그림들이　층층이　붙어　있으니　광채가　찬란하여　정신이　혼미
했다.
　　또　한　곳을　바라보니,　부춘산의　엄자릉이　간의대부　마다하고　갈매
기로　벗을　삼고　원숭이와　학으로　이웃을　삼아　양가죽　옷　떨쳐입고　추
동강　칠리탄에서　낚싯줄을　던지고　있는　모습이　역력히　그려져　있으니,
가히　신선의　세계라　할　만한　곳이고　군자가　짝을　찾아　놀　만한　곳이었
다.　그　가운데　한　남편만　따르겠다는　뜻으로　춘향이　써　붙인　글　한　수
도　있었다.

　봄바람에　대나무는　그윽한데
　향을　피워　두고　밤새　책을　읽네

　　이　도령은　여러　번　시를　읊으며　목란의　절개가　담긴　훌륭한　시라고
칭찬했다.　칭찬을　들으며　월매가　한마디　했다.
　　"귀한　도련님이　이처럼　누추한　곳에　오시니　감격스러울　따름입니
다."
　　이　말　한마디에　비로소　이　도령의　말문이　열렸다.
　　"누추하다니?　그럴　리가　있는가?　낮에　춘향을　잠깐　보고　반해　나비
가　꽃을　찾듯이　날아왔다네.　춘향과　백년가약을　맺고　싶은데　자네　마

음은 어떤가?"

"말씀은 황송하오나 제 말씀 좀 들어 보세요. 자하골 성 참판 영감이 임시로 남원에 내려왔을 때 소리개를 매로 보고 수청을 들라 하셨기에 관장의 명령을 어기지 못했습니다. 그러나 모신 지 석 달 만에 올라가시니 그 후 뜻밖에 얻은 것이 저것입니다. 그 사연을 글로 올리니 '젖줄 떨어지면 데려가련다.' 하셨지만 그 양반이 불행하여 세상을 떠나시니 보내지 못하고 저것을 길렀는데, 어려서는 잔병조차 그렇게 많았습니다. 일곱 살에 《소학》을 읽혀 수신제가하고 온화 순종하는 마음을 가르치니 씨가 있는 자식이라 모든 일에 통달했습니다. 그러나 집안 형세가 부족하니 재상 집안에 마땅치 않고, 선비와 서민은 상하가 서로 미치지 못하므로 혼인이 늦어져 주야로 걱정입니다. 도련님의 말씀은 춘향과 백년가약을 한다는 말씀이나 그런 말씀은 마시고 잠깐 놀다나 가십시오."

춘향모의 말은 참말이 아니었다. 이 도령이 춘향을 데려간다 하니 앞으로 어떤 일이 닥칠지 몰라 다짐을 받아 두려고 하는 말이었다. 그러나 속을 모르는 이 도령은 기가 막혔다.

• **엄자릉(嚴子陵)** 후한 사람으로 어릴 적 광무제(光武帝)와 동문수학했는데 광무제가 왕위에 오른 후 그를 간의대부(諫議大夫)로 불렀으나 말을 듣지 않고 저장성 부춘산에서 농사를 짓다 죽었다고 한다.
• **봄바람에~읽네** '대운춘풍죽 분향야독서(帶韻春風竹 焚香夜讀書)'이다.
• **목란(木蘭)** 중국 양(梁)나라 시대의 이름난 효녀로 남장을 하고 아버지를 대신해 전쟁에 나가 이기고 열두 해 만에 돌아온 것으로 유명하다.
• **소리개** 수릿과의 새인 솔개를 말한다.
• **수청(守廳)** 아녀자나 기생이 높은 벼슬아치에게 몸을 바쳐 시중을 들던 일.

"이보게, 춘향이도 미혼이요 나도 장가가지 않았는데, 육례는 못할망정 양반 자식이 한 입으로 두말할 리가 있는가?"

춘향모 이 말을 듣고는,

"도련님, 제 말 더 들어 보세요. 옛 책에 말하기를, 신하를 아는 데임금만 한 사람이 없고 아들을 아는 데 아비만 한 사람이 없다 했으니 딸을 아는 것은 어미가 아니겠어요? 제 딸의 마음은 제가 잘 알지요. 어려서부터 곧은 뜻이 있어 행여 신세를 그르칠까 걱정했고, 한낭군을 섬기려고 일마다 행실마다 철석같이 굳은 뜻이 푸른 솔, 푸른 대, 전나무가 사시사철 다투는 듯하니 뽕밭이 변해 푸른 바다가 될지언정 내 딸의 마음이 변하겠어요? 금은과 유명한 오나라 촉나라의 비단이 산처럼 쌓여도 받아들이지 않을 것인데, 백옥 같은 내 딸의 마음에 맑은 바람인들 미치겠어요?

오직 옛 뜻을 본받으려 할 뿐인데 도련님이 욕심을 부려 인연을 맺었다가, 장가 안 든 도련님이 부모 몰래 깊은 사랑 금석같이 맺었다가 소문이 두려워 버리시면 옥 같은 우리 딸 신세가 줄 끊어진 진주 구슬보다 짝 잃은 원앙새보다 더할 텐데 어찌한다지요? 도련님 속마음이 말씀과 같다면 깊이 헤아려 행하세요."

춘향모의 말다짐에 속 모르는 이 도령은 더욱 답답했다.

"그런 것은 제발 두 번 다시 걱정하지 마오. 내 마음을 헤아려 본즉 굳은 마음 가슴속에 가득하니, 분수에 따른 도리는 다를망정 춘향과 내가 평생 가약을 맺을 때 육례를 갖추지 않았다고 푸른 파도같이 깊은 마음에 춘향의 사정을 모를 리가 있겠는가?"

이처럼 말을 하니 청실홍실 육례를 갖추어 만난다고 해도 이보다 더 뾰족할 수가 없었다.

"내가 춘향이를 첫 아내처럼 여길 테니 부모 모신 처지라고 염려하지 말고 장가들기 전이라고 염려하지 마시오. 대장부가 한번 먹은 마음인데 박대하겠는가? 허락만 하여 주시오."

그제서야 월매의 얼굴에 웃음이 돈다. 지난밤 꿈을 생각하고 이것이 천생연분인 줄 짐작했다. 시원하게 허락하며 향단을 부른다.

"봉이 나니 황이 나고, 장군 나니 용마 나고, 남원에 춘향이 나니 이화춘풍이 꽃답구나. 향단아, 술상 들여오너라."

• 육례(六禮) 결혼의 여섯 가지 절차.
• 이화춘풍(李花春風) '봄바람에 오얏꽃'이라는 뜻으로 이(李) 도령이 춘(春)향의 짝이 된 것을 비유한 말.

이 도령, 춘향과 백년가약을 맺다

향단이 "예." 하는 대답과 함께 술상을 들여오는데 차림새가 정결하다. 큰 양푼에 소갈비 찜, 작은 양푼에 돼지고기 찜, 펄펄 뛰는 숭어 찜, 포드득 나는 메추리 탕에 동래 울산의 큰 전복을 대모 장도 드는 칼로 맹상군의 눈썹처럼 어슷어슷 오려 놓고, 염통산적 양 볶기와 껑껑 우는 봄 꿩의 다리 적벽 대접에 담아 놓고, 분원 그릇에는 냉면조차 비벼 놓고, 생밤 삶은 밤에 잣송이며 호두, 대추, 석류, 유자, 곶감, 앵두, 탕 그릇 같은 푸른 배를 가지런히 괴어 놓았다.

안주가 이러니 이제 술병치레를 보자. 티 없는 백옥병과 푸른 바다의 산호 병, 금이 나는 우물에 지는 오동 잎 오동 병과 목이 긴 황새 병, 목이 짧은 자라병, 당초무늬 그려진 병, 금물을 칠한 병, 소상강 동정호의 죽절 병, 그 가운데 은주전자, 붉은 구리 주전자, 금주전자를 차례로 잘 갖추어 놓았다.

술 이름이 있을 것인데 속세에 귀양 온 이태백의 포도주, 장생불사 안기생의 자하주, 산림처사들의 송엽주, 과하주, 방문주, 천일주, 백일주, 금로주, 팔팔 뛰는 화주, 약주, 그 가운데 향기로운 연잎주 골라내어 은주전자에 가득 부어 청동화로 참숯불에 찬물 냄비가 끓는 가운데 은주전자 살살 둘러 뜨겁지도 차지도 않게 데워 내어 금잔 옥잔 앵무잔을 그 가운데 띄웠으니, 옥경에 피는 연꽃 태을선녀 연잎 배 띄우듯, 정일품 영의정 머리 위에 파초 잎 모양의 큰 부채 띄우듯 두둥실 띄워 놓았다. 술이 이렇게 좋으니 권주가 한 곡조에 한 잔 한 잔 또 한 잔 저절로 잔이 넘어간다.

이 도령 이르는 말이,

"오늘 밤 절차를 보니, 관청도 아닌데 어찌 이렇게 갖추었는가?"

춘향모 여쭈는 말이,

"내 딸 춘향이 곱게 길러 요조숙녀의 좋은 배필을 만나 거문고와 비파처럼 평생 함께 즐길 적에, 사랑방에 노는 손님 영웅호걸 문장들과 죽마고우 벗님네들 주야로 즐기실 때, 내당의 하인 불러 밥상 술상 재

---

* **적벽(赤壁)** 경기도 장단(長湍)에 있는 곳으로 대접의 생산지.
* **분원(分院)** 광주에 있는 곳으로 사기 그릇의 생산지.
* **장생불사(長生不死)** 오래도록 살고 죽지 않는다는 뜻이다.
* **안기생(安期生)** 진(秦)나라 때 사람으로 봉래산에 들어가 신선이 되었다.
* **산림처사(山林處士)** 벼슬을 하지 않고 산속에 파묻혀 지내는 선비.
* **태을선녀(太乙仙女)** 하늘에 있는 선녀.

촉할 때, 보고 배우지 못하고는 어찌 바로 대령하랴. 안사람이 민첩치 못하면 가장의 낯을 깎는 것, 내 생전 힘써 가르쳐 아무쪼록 본받아 행하라고 돈 생기면 사 모아 손으로 만들어 눈에 익고 손에도 익으라고 한시도 놓지 않고 시킨 것이 이것입니다. 부족하다 마시고 입맛대로 잡수십시오."

춘향이 고개를 살풋 돌리고 조심스레 앵무잔에 가득 술을 부어 올리니 이 도령 하는 말이,

"내 마음대로 하자면 육례를 갖춰 혼례를 치를 것이지만, 남의 눈을 피해 이렇게 개구멍 서방으로 너를 찾고 보니 참으로 원통하다. 하지만 춘향아, 우리 이 술을 혼례 술로 알고 먹자."

술 한 잔 부어 들고,

"내 말을 들어 보아라. 첫 잔은 인사주요, 둘째 잔은 합환주다. 이 술이 다른 술이 아니라 근본을 삼는 술이다. 순임금이 아황과 여영을 만난 연분 귀중하다 했는데, 월하노인 맺어 준 우리 연분, 삼생가

• **합환주**(合歡酒) 결혼식에서 신랑 신부가 서로 잔을 바꾸어 마시는 술.
• **월하노인**(月下老人) 남녀를 짝지어 준다는 중매자.

약 맺은 연분, 천만년이라도 변치 않을 연분, 대대손손 삼정승 육판서 자손 많이 번창하여 자손 증손 고손자 무릎 위에 앉혀 놓고 죄암죄암 달강달강 백세 장수 누리다가 한날한시 마주 누워 함께 죽으면 천하 제일 연분이 아니냐?"

술잔을 들어 마신 후에 춘향 어머니에게도 권한다.

"향단아, 너의 마님께도 술 부어 드려라. 장모, 얼굴이 왜 그러오? 경사술이니 한잔 먹소."

춘향모 술잔을 들고 기쁜 듯 슬픈 듯 하는 말이,

"오늘 같은 날 무슨 슬픔이 있으리까마는 애비 없이 길러 낸 저 애를 보니 영감 생각이 간절해서 그러합니다."

"이미 이렇게 된 일, 다른 생각 말고 술이나 먹소."

춘향모와 더불어 여러 잔을 나눈 후에 이 도령은 상을 방자에게 물려 주었다. 방자가 상을 치우자 대문도 중문도 모두 닫혔다.

"도련님 편히 쉬세요. 향단아, 나오너라. 오늘은 나하고 함께 자자."

춘향모는 향단을 시켜 원앙금침 자리를 펴게 하고는 안방으로 건너 갔다.

드디어 춘향과 이 도령이 마주 앉았으니 다음 일이 어찌 되었을까? 저녁 햇살을 받은 삼각산 제일봉에 봉황이 앉아 춤을 추듯 두 팔을 구부정하게 들고 춘향의 섬섬옥수를 받들 듯이 검쳐 잡고 옷을 공교하게 벗기다가 두 손을 썩 놓더니 춘향의 가는 허리를 담쑥 안고는 소리친다.

"치마를 벗어라."

하지만 처음 당하는 일이라 춘향이는 부끄러워 고개를 숙이고 몸을 비튼다. 푸른 물 위에 핀 붉은 연꽃이 미풍을 만나 굼닐거리듯, 이리 굼실 저리 굼실 동해 청룡이 굽이를 치듯 실랑이를 벌인다. 이 도령이 치마를 벗겨 던져 놓고 바지 속곳 벗기려고 무한히 애를 쓰는데,

"아이고 놓아요. 좀 놓으라니까요."

"에라, 안 될 말이구나."

실랑이를 하던 중에 옷고름을 발가락에 걸고서 기지개를 켜니 바지는 활딱 뒤집어지고 속곳은 스르르 발길 아래로 떨어졌다. 형산의 백옥덩이 같은 춘향의 모습을 보고 이 도령은 정신이 어지러웠다. 그사이 그만 춘향을 놓쳐 버렸다.

"아차차! 손 빠졌다."

소리치는 사이 춘향은 이불 속으로 숨어 버렸다. 개 헤엄치듯 손을 휘저으며 이 도령도 춘향을 붙잡으러 이불 안으로 달려들었다. 그 안에서 둘이 안고 마주 누우니 그냥 잘 리가 있을까? 둘이서 땀을 흘릴 때 삼베로 만든 이불은 춤을 추고 등잔불도 가물가물 춤을 추고 문고리는 달랑달랑 샛별 요강은 쟁강쟁강 노래를 불렀다. 그 가운데 재미난 일이야 오죽하랴?

이 도령과 춘향은 노는 재미에 빠져 세상일을 다 잊고 있었다. 처음에는 서로 부끄러웠으나 하루 이틀이 지나자 우스갯소리도 하고 조금씩 장난도 치게 되었다. 그 모든 짓이 사랑의 노래가 되었다. 사랑으로 놀면서 〈사랑가〉를 부르는데,

사랑 사랑 내 사랑이야

동정호 칠백 리 달빛 아래 무산같이 높은 사랑

가없는 물결 하늘 같고 바다같이 깊은 사랑

옥산 꼭대기 달 밝은데 가을 산 봉우리에 달 놀이 같은 사랑

일찍이 춤 배울 때 피리 부는 이를 묻던 사랑

유유히 지는 해 달빛 스미는 주렴 사이 도리화(桃李花) 피어 비친 사랑

곱디고운 초승달 분같이 하야데 교태 머금은 순한 사랑

달 아래 삼생의 연분 너와 내가 만난 사랑

허물없는 부부 사랑

꽃비 내린 동산에 모란같이 펑퍼지고 고운 사랑

연평 바다 그물같이 얽히고 맺힌 사랑

은하수 직녀의 비단같이 올올이 이은 사랑

청루 미녀의 이불같이 솔기마다 감친 사랑

시냇가 수양같이 축 처지고 늘어진 사랑

남북 창고에 쌓인 곡식같이 다물다물 쌓인 사랑

은장식 옥장식같이 모서리마다 잠긴 사랑

영산홍이 봄바람에 넘노니 노란 벌 흰나비가 꽃을 물고 즐기는 사랑

푸른 물 푸른 강에 원앙새 두둥실 마주 떠 노는 사랑

해마다 칠월 칠석 견우직녀 만난 사랑

육관 대사 제자인 성진이가 팔 선녀와 노는 사랑

산도 뽑을 기세의 초패왕이 우미인과 만난 사랑

당나라 명황제가 양귀비 만난 사랑

명사십리 해당화같이 예쁘고 고운 사랑

네가 모두 사랑이로구나

어화둥둥 내 사랑아

어화 내 간간 내 사랑이로구나

● **일찍이~사랑** 노조린(盧照隣)의 시 〈장안고의(長安古意)〉에서 빌려 쓴 구절.
● **육관 대사~사랑** 김만중의 소설 〈구운몽〉에 등장하는 인물들.

두 사람이 주고받는 농담과 〈사랑가〉는 끝없이 이어진다.

"여봐라 춘향아, 저리 가거라. 가는 자태를 보자. 이만큼 오너라. 오는 자태를 보자. 빵긋 웃고 아장아장 걸어라. 걷는 자태를 보자. 너와 내가 만난 사랑, 연분을 팔려고 한들 팔 곳이 어디 있어. 생전 사랑이 이러하고 어찌 사후 기약이 없을쏘냐.

너 죽어 될 것이 있다. 너는 죽어 글자가 되되 땅 지(地), 그늘 음(陰), 아내 처(妻), 계집 녀(女) 변이 되고, 나는 죽어 글자가 되되 하늘 천(天), 하늘 건(乾), 지아비 부(夫), 사내 남(男), 아들 자(子) 몸이 되어 계집 녀 변에 딱 붙이면 좋을 호(好) 자로 만나 보자. 사랑 사랑 내 사랑.

또 너 죽어서 될 것이 있다. 너는 죽어 물이 되되 은하수, 폭포수, 창해수, 청계수, 옥계수, 한 줄기 장강 다 그만두고 칠 년 동안의 큰 가뭄에도 늘 젖어 있는 음양수(陰陽水)란 물이 되고, 나는 죽어 새가 되되 요지의 해와 달 속에 노는 청조, 청학, 백학이며 대붕조 그런 새가 되지 말고 쌍쌍이 오가며 떠날 줄 모르는 원앙조란 새가 되어 푸른 물의 원앙처럼 어화둥둥 떠 놀거든 나인 줄 알려무나. 사랑 사랑 내 간간 내 사랑이야."

"아니, 그것도 난 안 될래요."

"그러면 너 죽어 될 것이 있다. 너는 죽어 경주 인경도 되지 말고 전주 인경도 되지 말고 송도 인경도 되지 말고 장안 종로 인경이 되고, 나는 죽어 인경 망치가 되어 하늘의 별자리를 따라 질마재 봉화 세 자루 꺼지고 남산 봉화 두 자루 꺼지면 인경 첫 마디 치는 소리 그저 뎅뎅 칠 때마다 다른 사람 듣기에는 인경 소리로만 알아도 우리끼리는

'춘향이 뎅 도련님 뎅'이라 만나 보자꾸나. 사랑 사랑 내 간간 내 사랑이야."

"아니, 그것도 나는 싫어요."

"그러면 너 죽어 될 것이 있다. 너는 죽어 방아확이 되고 나는 죽어 방앗공이가 되어 경신년 경신월 경신일 경신시의 강태공 조작 방아 그저 떨꾸덩 떨꾸덩 찧거들랑 나인 줄 알려무나. 사랑 사랑 내 간간 내 사랑이야."

"싫어요, 그것도 난 아니 될래요."

"어찌하여 그런 말을 하느냐?"

"나는 항시 어찌하여 이번 생에서나 다음 생에서나 밑으로만 되려니까 재미없어 못하겠어요."

"그러면 너 죽어 위로 가게 하마. 너는 죽어 맷돌 위짝이 되고 나는 죽어 밑짝이 되어 이팔청춘 홍안의 미인들이 섬섬옥수로 맷돌 손잡이 잡고 슬슬 돌려 하늘과 땅처럼 휘휘 돌아가거든 나인 줄 알려무나."

"싫어요, 그것도 아니 될래요. 위로 생긴 것이 부아 나게만 생겼소. 무슨 년의 원수로 일생 한 구멍이 더하니 아무것도 나는 싫소."

"그러면 너 죽어 될 것이 있다. 너는 죽어 명사십리 해당화가 되고 나는 죽어 나비가 되어 나는 네 꽃송이를 물고 너는 내 수염을 물고

● **인경** 인정(人定)이 변해서 된 말로 조선 시대에 통행 금지를 알리기 위해 친 종.
● **방아확** 절구의 아가리부터 밑바닥까지의 부분.
● **경신년~조작** 방아를 만들 때 동티를 없애기 위해 방아에 '庚申年 庚申月 庚申日 庚申時 姜太公 造作'
  이라는 열일곱 자를 쓰던 습속이 있었다.

봄바람 건듯 불거든 너울너울 춤을 추면서 놀아 보자. 사랑 사랑 내 간간 내 사랑이야. 이리 보아도 내 사랑 저리 보아도 내 사랑, 이 모두 내 사랑 같으면 사랑 걸려 살 수 있나. 어화둥둥 내 사랑, 내 예쁜 내 사랑아. 방긋방긋 웃는 것은 꽃 중의 왕 모란이 하룻밤 가랑비 뒤에 반만 피려고 한 듯, 아무리 보아도 내 사랑 내 간간이로구나."

"아니, 그것도 나는 싫어요."

"그러면 어쩌자는 말이냐? 너와 내가 정이 있으니 정 자로 놀아 보자. 같은 소리 정 자 모아 노래나 불러 보자."

"먼저 불러 보세요."

"내 사랑아 들어 보아라. 너와 나와 유정하니 어이 아니 다정하리. 고요히 흘러가는 기나긴 강물에 먼 곳에서 온 나그네의 정, 송군남포 불승정 무인불견송아정, 한 태조의 희우정, 삼정승 육판서 백관이 모인 조정, 도량 청정, 각시의 친정, 친구들과의 통정, 난세의 평정, 우리 둘의 천년 인정, 달 밝고 별 드문 소상강의 동정, 세상 만물의 조화정, 근심 걱정, 뜻한 바의 원정, 주어 인정, 음식 투정, 복 없는 저 방정, 송정 관정 내정 외정, 애송정, 천양정, 양귀비의 침향정, 이비의 소상정 한송정, 백화만발 호춘정, 기린 토월 백운정, 너와 나와 만난 정, 일정 실정, 말하자면 내 마음은 원형이정 네 마음은 일편 탁정, 이같이 다정타가 만일 즉 파정하면 복통 절정 걱정되니 진정으로 원정하잔 그 정 자다."

춘향이 좋다고 하는 말이,

"정 속은 아주 좋아요. 우리 집 재수 있게 안택경 좀 읽어 주오."

도련님 허허 웃으며 말한다.

"그뿐인 줄 아느냐? 또 있다. 그럼 이번엔 궁 자 노래를 한번 들어 보려느냐?"

"아이 우습고 얄궂어라. 궁 자 노래가 무엇이어요?"

"들어 보아라. 좋은 말이 아주 많다. 좁은 천지가 열리는 개탁궁, 뇌성벽력 비바람 속에 상서로운 빛이 풀려 있는 장엄하다 창합궁, 술이 넘쳐 나던 은왕의 대정궁, 진시황의 아방궁, 천하를 얻은 까닭을 물은 한 태조의 함양궁, 그 옆에 장락궁, 반첩여의 장신궁, 당명황제의 상춘궁, 이리 올라 이궁, 저리 올라 별궁, 용궁 속의 수정궁, 월궁 속의

- **송군남포불승정 무인불견송아정**(送君南浦不勝情 無人不見送我情) 각각 '남포로 임을 보내며 북받쳐 오르는 감정을 이기지 못하네.', '나를 보내는 임의 정을 보지 못하는 사람이 없네.'라는 뜻인데 옛 시인의 시를 정 자에 맞춰 읊어 본 것.
- **이비**(二妃) 순임금의 두 왕비인 아황과 여영을 이르는 듯하다.
- **기린 토월**(麒麟吐月) 기린이 달을 토한다는 뜻으로 완산 팔경(完山八景)의 하나인 전주 동쪽 기린봉 위에 솟은 달의 풍경을 비유한 이름.
- **일정 실정**(一定實情) 일정은 한번 작정하는 것. 실정은 진실한 정으로, 두 사람의 한번 마음먹은 진실한 애정을 이른다.
- **일편 탁정**(一片託情) 한 조각 맡긴 정. 춘향이 이 도령에게 마음을 맡긴 것을 이른다.
- **파정**(破情) 정이 깨지는 것.
- **복통 절정**(腹痛切情) 끊어진 정을 배 아프듯 아파한다는 뜻이다.
- **원정**(原情) 사정을 하소연함.
- **안택경**(安宅經) 무당이나 소경이 집안의 액을 막고 복이 있기를 터주에게 비는 경문.
- **은왕**(殷王) 은나라 마지막 왕 주(紂)를 이른다.
- **진시황**(秦始皇) 중국 천하를 통일하고 진나라를 세운 황제로 만리장성을 쌓았다.
- **당명황제**(唐明皇帝) 양귀비와의 사랑으로 유명한 당나라 현종(玄宗) 황제.
- **이궁**(離宮) 임금의 놀이를 위해 왕궁에서 떨어진 풍광 좋은 곳에 따로 지은 궁전.
- **별궁**(別宮) 왕이나 세자가 혼례를 올리거나 제위에 오를 때 예식을 올리던 궁전.

광한궁, 너와 나와 합궁하니 평생 무궁이라. 이 궁 저 궁 다 버리고
네 두 다리 사이 수룡궁에 나의 심줄 방망이로 길을 내자꾸나."

"그런 잡담은 하지 마세요."

춘향이 반쯤 웃으며 하는 말이다.

"잡담이 아니다. 춘향아, 우리 업음질이나 해 보자."

"아이 상스러워라. 어떻게 업음질을 해요."

"천하에 쉬운 것이 업음질이라는 게야. 너하고 나하고 활씬 벗고 업
고 놀고 안고도 놀면 그것이 업음질이란 것이다."

업음질을 여러 번 해 본 사람처럼 말한다.

"아이고, 나는 부끄러워서 못 벗겠어요."

"요 계집애야, 그건 안 될 말이다. 내가 먼저 벗으마."

버선, 대님, 허리띠, 바지, 저고리 활씬 벗어 한쪽 구석에 던져
놓고 우뚝 서니 춘향이 빙긋 웃고 고개를 돌리며 한마디 한다.

"영락없는 낮도깨비 같소."

"그래? 네 말이 참으로 듣기 좋다. 세상에 짝이 없는 게 없느
니라. 우리 두 도깨비 한바탕 놀아 보자."

"그러면 불이나 끄고 놀아요."

"불이 없으면 무슨 재미가 있겠느냐. 어서 벗어라. 빨리 벗어라."

"아이고, 나는 싫어요."

이 도령이 춘향 옷을 벗기려고 넘놀면서 어른다. 첩첩산중의 늙은
범이 살진 암캐를 물어다 놓고 이가 없어 먹지 못하고 흐르릉 흐르
릉 아웅 어르는 듯, 북해 흑룡이 여의주를 입에 물고 구름 사이로 꿈
틀거리는 듯, 단산의 봉황이 대나무 열매를 입에 물고 오동나무 사이
를 넘나들 듯, 춘향의 가는 허리를 한 팔로 휘감아 담쏙 안고 기지개
를 아드득 떨며 귀도 쪽쪽 빨고 입술도 쪽쪽 빨면서 주홍 같은 혀를
물고 오색으로 아로새긴 순금 장롱 안에 쌍쌍이 오가는 비둘기처럼
꾹꿍 끙끙 으흥거리며 뒤로 돌려 담쏙 안고 젖을 쥐고 발발 떨며 저
고리, 치마, 바지, 속곳까지 벗겨 놓으니 춘향은 부끄러
워 한편으로 돌아앉아 있을 제 이 도령 답답하여 가
만히 살펴보니 얼굴은 상기되고 이마에는 구슬땀이
송글송글 앉아 있있다.

"애, 춘향아. 어서 와서 업히거라."

춘향은 부끄러워하며 몸을 옹크리고 돌아앉았다.

• **광한궁**(廣寒宮) 달나라(월궁)에 있다는 궁전. 춘향과 이 도령이 처음 만난 광한루와 이름이 같다.
• **합궁**(合宮) 남녀가 잠자리를 같이하는 것.

"부끄럽기는 뭐가 부끄럽니. 이미 다 아는 사인데 어서 와서 업히거라."

이 도령은 다리에 끙 하고 힘을 주며 춘향을 치켜 업었다.

"어따, 똥집이 꽤나 무겁구나. 업히니까 마음이 어떠냐?"

"한껏 좋아요."

"정말 좋아?"

"정말 좋아요."

"나도 좋다. 그럼 내가 좋은 말을 해 볼 테니 너는 대답만 하거라."

"대답할 테니 해 보시어요."

"네가 금이지?"

"금이라니 말도 안 돼요. 옛날 진평이가 범아부를 잡으려고 황금 사만 냥을 흩었는데 금이 어찌 남았으리까."

"그러면 네가 옥이냐?"

"옥이라니 당치 않아요. 만고 영웅 진시황이 형산의 옥을 얻어 이사의 명필로 '하늘에서 명을 받았으니 길이 번창하리라.'라고 새긴 옥새만들어 대대로 전했으니 옥이 어찌 되오리까."

"그러면 네가 무엇이냐? 해당화냐?"

"해당화라니 당치 않소. 명사십리도 아니거든 해당화가 되오리까."

"그러면 네가 무엇이냐? 밀화, 금패, 호박, 진주냐?"

"아니, 그것도 당치 않소. 삼정승 육판서 대신 재상 팔도 방백 수령님네 갓끈 풍잠 다 만들고 남은 것은 전국 각지 일등 명기 손 가락지 다 만드니 호박 진주 부당하오."

"네가 그러면 대모, 산호냐?"

"아니, 그것도 나는 아니오. 대모갑 큰 병풍, 산호로 난간을 만들어 남해의 신 광리왕 상량문에 모두 쓰여 수궁 보물 되었으니 대모, 산호가 부당하오."

"그러면 네가 반달이냐?"

"반달이라니 당치 않소. 오늘밤이 초승이라면 모를까, 푸른 하늘에 돋은 밝은 달이 어찌 저이오리까."

"그럼 네가 무엇이냐? 날 호려 먹는 불여우냐? 네 어머니 너를 낳아 곱게 길러 나를 호려 먹으라고 시키더냐? 사랑 사랑 내 사랑아, 내 간간 내 사랑아. 네가 무엇을 먹으려느냐? 생밤 찐 밤 먹으려느냐? 둥글둥글 수박 위꽁지를 대모 장도 드는 칼로 뚝 떼고 강릉 흰 꿀 두루 부어 작은 은숟가락으로 붉은 점 한 점 먹으려느냐?"

"아니, 그것도 나는 싫소."

"그러면 무엇을 먹으려느냐? 시금털털한 개살구를 먹으려느냐?"

"아니, 그것도 나는 싫소."

"그러면 무엇을 먹으려느냐? 돼지를 잡아 주랴, 개를 잡아 주랴? 내 몸통째 먹으려느냐?"

- **진평(陳平)** 전한(前漢)의 공신으로 한나라를 세운 고조 유방을 도와 천하를 평정했다.
- **범아부(范亞父)** 한나라 고조와 싸우던 초나라 항우의 신하로 뒤에 항우의 의심을 받자 벼슬을 내놓고 물러나 등창을 앓다 죽었다고 한다.
- **밀화, 금패, 호박, 진주** 모두 보석의 일종이다.
- **풍잠(風簪)** 갓이 쓰러지지 않도록 망건당 앞쪽에 꾸미는 반달 모양의 물건으로 쇠뿔이나 금패 등으로 만든다.
- **대모갑** 대모(玳瑁)는 바다거북의 일종인데 흑색의 구름무늬가 있는 등딱지(대모갑)로 공예품을 만든다.

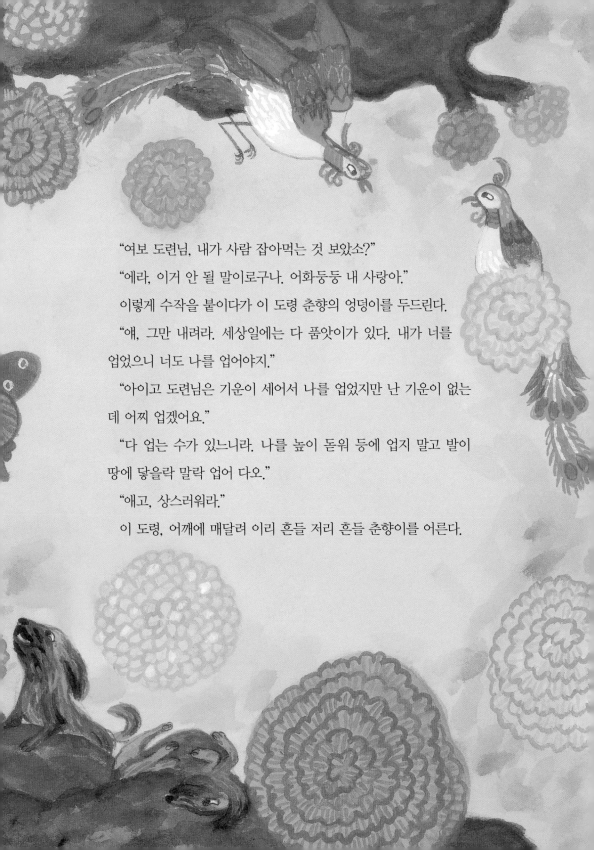

"여보 도련님, 내가 사람 잡아먹는 것 보았소?"

"에라, 이거 안 될 말이로구나. 어화둥둥 내 사랑아."

이렇게 수작을 붙이다가 이 도령 춘향의 엉덩이를 두드린다.

"애, 그만 내려라. 세상일에는 다 품앗이가 있다. 내가 너를 업었으니 너도 나를 업어야지."

"아이고 도련님은 기운이 세어서 나를 업었지만 난 기운이 없는데 어찌 업겠어요."

"다 업는 수가 있느니라. 나를 높이 돋워 등에 업지 말고 발이 땅에 닿을락 말락 업어 다오."

"애고, 상스러워라."

이 도령, 어깨에 매달려 이리 흔들 저리 흔들 춘향이를 어른다.

"내가 네 등에 업히니 마음이 어떠냐? 나도 너를 업고 좋은 말을 했으니 너도 나를 업고 좋은 말을 해야지?"

"좋은 말을 할 테니 그럼 들어 보세요. 은나라 어진 재상 부열이를 업은 듯, 강태공을 업은 듯, 가슴에 뛰어난 지략 품었으니 이름 있는 대신이 되오리다. 나라의 기둥, 나라 지키는 충신 모두 헤아리니 사육신을 업은 듯, 생육신을 업은 듯, 해 선생 달 선생 최치원 선생을 업은 듯, 의병장 고경명을 업은 듯, 요동벌 정벌한 김응하 장군을 업은 듯, 송강 정철을 업은 듯, 충무공 이순신을 업은 듯, 우암 송시열, 퇴계 이황, 사계 김장생, 명제 윤증을 업은 듯. 내 서방이지 내 서방, 알뜰 간간 내 서방. 진사 급제 바탕 삼아 곧바로 부임하여 한림학사 된 연후에 부승지·좌승지·도승지로 당상관이 되어 팔도 방백 지낸 후에, 내직으로 올라와 각신·대교·정승 가려 뽑는 대제학·대사성·판서·좌의정·우의정·영의정 하신 후에, 내직 삼천 외직 팔백 나라의 기둥 같은 신하, 내 서방 알뜰 간간 내 서방이지."

이 도령, 춘향 어깨에 매달려 손수 진물 나게 문지르는구나! 이러다 말고 이제 업음질도 모자라는지,

"춘향아, 이젠 우리 말놀음이나 좀 해 보자."

"애고, 우습기도 해라. 말놀음이 무엇이어요?"

"천하에 쉬운 것이 말놀음이지. 너와 나와 벗은 김에 너는 온 방바닥을 기어 다녀라. 나는 네 궁둥이에 딱 붙어서 네 허리를 잔뜩 끼고 볼기짝을 내 손바닥으로 탁탁 치면서 '이랴' 하거든 '히힝'거리면서 뒷발질로 물러서며 뛰어라. 야무지게 뛰면 탈 승(昇) 자 노래가 절로 나

오느니라."

이 도령은 흥에 겨워 목청을 더 높인다.

"타고 놀자, 타고 놀자. 황제 헌원씨 무기를 익히고 안개를 일으켜 탁록 들판에서 치우를 사로잡아 승전고를 울리며 지남철 수레를 높이 타고, 하우씨 구 년 홍수 다스릴 때 뭍을 달리는 수레를 높이 타고, 적송자 구름 타고, 여동빈 백로 타고, 이태백 고래 타고, 맹호연 나귀 타고, 태을 선인 학을 타고, 중국 천자 코끼리 타고, 우리 전하 가마 타고, 삼정승은 평교자 타고, 육판서는 초헌을 타고, 훈련대장은 수레를 타고, 각 읍 수령은 독교를 타고, 남원 부사는 별연을 타고, 날 저문 장강에 낚시하는 늙은이는 한 조각 작은 배를 타고, 나는 탈 것이 없으니 오늘 밤 깊은 밤에 춘향 배를 넌짓 타고 홑이불로 돛을 달아 내 기계로 노를 저어 오목샘에 들어가 순풍에 음양수를 시름없이 건너간다. 말을 삼아 탈 것이면 걸음걸이 없을쏘냐. 내가 마부 되어 네 귓전을 넌지시 잡으리니 성큼성큼 걸어라. 기총마 뛰듯 뛰어라."

온갖 장난을 다 하고 보니 이런 장관이 또 있을 것인가? 이팔청춘 둘이 만나 미친 듯이 놀아 대니 세월이 가는 줄 어찌 알겠는가?

- **각신**(閣臣)·**대교**(待敎) 규장각(奎章閣)의 벼슬아치.
- **헌원씨**(軒轅氏) 중국 고대 전설상의 제왕. 최초로 곡물 재배를 가르치고 문자, 음악, 도량형 따위를 정했다.
- **치우**(蚩尤) 전설상의 인물로, 난리를 일으켜 황제와 탁록(涿鹿)의 들판에서 싸웠다고 전한다.
- **하우씨**(夏禹氏) 중국 하나라의 우임금을 이르는 말.
- **평교자, 초헌, 독교, 별연** 모두 가마나 수레의 종류이다.
- **기계**(器械), **오목샘** 각각 남녀의 성기를 일컫는 말.

두 사람 마음은 두 사람만 알지

조선 시대 사람들은 봉건적인 사회 분위기 속에서 어떻게 사랑을 했을까요?
조선 시대에도 지금처럼 자유롭게 연애를 하는 남녀가 있었을까요?
조선 시대에는 성리학이 학문의 중심이자 나라를 다스리는 지배 이데올로기였습니다.
그러다 보니 남녀 사이에 지독히 엄한 내외법이 존재했는데, 이는 국가적으로
자유연애를 금지하는 조항이기도 했습니다. 내외법은 주로 여성에게만 적용되어
여성의 문밖 출입은 거의 금지되었고, 어쩌다 외출을 해도 얼굴을 가리고 나가야
했습니다. 상황이 이렇다 보니 요즘 같은 연애결혼은 꿈도 꿀 수 없었답니다.
하지만 이러한 상황에서도 은밀하게 사랑을 나누는 남녀들이 있었지요.

양반가 남녀의 만남

다음 페이지 첫 번째 그림을 살펴봅시다. 한밤중 통행이 금지된 시간, 두 남녀의 만남.
정확히는 알 수 없지만 여자가 기생은 아닌 것 같은데, 이 시간에 어떻게 이런 만남이
가능했을까요? 신윤복의 그림 〈월하정인〉에서 이들의 관계가 이른바 불륜인지 아니면
처녀 총각의 만남인지 그 내막을 알 수 없습니다. 다만 지독히도 두터웠던 내외법의 강
제를 뚫고 남녀가 만나고 있다는 것만으로도 이 그림은 충격을 안겨 줍니다. 억압적인
도덕의 규범 아래 자리 잡고 있는 욕망이 이 그림에는 담겨 있는 것입니다. 그런데 여기
서 꼭 짚고 넘어가야 할 부분이 있습니다. 이러한 시대적 상황, 억압적인 도덕 규범은 늘
여성들에게만 무거운 짐을 부과했다는 점 말입니다.

남성의 자유로운 연애

두 번째 그림 〈영감님과 아가씨〉는 양반가의 나이 든 남성이 젊은 여성을 은근한 눈길
로 쳐다보는 모습을 담고 있습니다. 조선 시대에는 성의 문제에서 남녀가 철저하게 불평
등했음을 다시 한 번 확인할 수 있지요. 심지어 과부의 재가도 금지되어 있는 등 여성은
지독히 자신의 욕망을 짓눌러야 했던 반면, 남성은 타인의 아내가 아니라면 얼마든지
아내 외의 여자에게 관심을 가질 수 있고 만남을 도모할 수도 있었지요.

〈월하정인〉. '달빛 침침한 삼경 두 사람의 마음은 두 사람만 알겠지(月沈沈夜三更 兩人心事兩人知).'라는 글귀가 적혀 있다. 신윤복, 간송미술관 소장.

〈영감님과 아가씨〉, 전 신윤복, 국립중앙박물관 소장.

과부들의 사랑

이 그림은 마당에서 짝짓기를 하는 개를 부러운 듯 쳐다보고 있는 한 과부의 모습입니다. 소복을 입은 것으로 보아 상중이긴 하지만, 혹 이 여인이 남편을 아주 오래전에 잃었더라도 사정은 다르지 않을 것입니다. '열녀'라는 미명 아래 외롭디 외로운 삶을 살아야 하는 것이 양반가 과부들의 운명이었기 때문입니다.

〈이부탐춘〉, 신윤복, 간송미술관 소장.

노동하는 남녀,
상민과 천민 남녀

그런데 사실 이러한 사회 상황들은 양반 여성들에게만 적용되었지, 서민 여성들에게까지 적용되지는 않았습니다. 그림 속 여성들처럼 하루하루 살아가는 것도 버겁고 밭일과 논일로 허덕이는 서민들이야 남녀 간에 몸을 부대끼면서 노동을 할 수밖에 없었거든요. 그러다 간혹 눈이 맞는 남녀도 있었을 테지요.

〈채미도〉, 윤두서, 개인 소장.

〈단오풍정〉, 신윤복, 간송미술관 소장.

여성의 바깥 나들이, 단오 풍경

내외법에 꽁꽁 묶인 양반 부녀자들도 일 년에 몇 번은 집밖에서 벌어지는 공동 놀이를
통해 흥겹게 놀면서 그동안의 스트레스를 풀기도 했습니다. 위의 그림처럼 특히 오월 단
옷날이면 마을의 아낙들이 모여 개울에 가서 창포물에 머리를 감으며 액을 면하도록 기
원하기도 하고, 신나게 그네를 타면서 치맛자락을 날리기도 했지요. 단옷날 이렇게 밖
에 나와 노니는 여인들의 모습을 훔쳐보던 남자들이 반해 춘향과 이 도령 같은 사랑이
싹트기도 했던 것이랍니다. 하지만 이는 매우 드문 일이었고 남녀가 대면할 일이 거의
없었으니 이런 로맨스는 가뭄에 콩 나듯 할 수밖에요.

이러한 사회적 분위기 속에서 춘향의 사랑은 아주 특이한 경우입니다. 기생이 아니고서
야 드러내고 연애를 할 수 있었던 여인은 얼마 없었으니까요. 춘향과 이 도령이 현대인
보다 더 대담한 사랑을 보여 줄 수 있었던 것은 아마도 춘향의 신분이 기생에 가까웠기
때문일 것입니다.

춘향,
이 도령과 이별하다

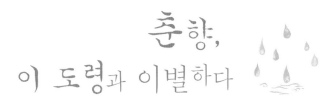

어느 날 갑자기 방자가 와서 이 도령을 찾았다.

"도련님, 사또께서 부르십니다."

이 도령 꿈에서 깬 듯 아버지 앞에 달려갔다.

"얘야, 서울에서 동부승지로 올라오라는 명이 내려왔다. 나는 뒷정리를 하고 갈 것이니 너는 어머니를 모시고 내일 떠나거라."

아버지의 말을 들은 이 도령은 반갑기는 하나 춘향의 일을 생각하니 가슴이 답답하고 온몸에 힘이 빠지면서 간장이 녹듯 눈물이 줄줄 흘러 옷소매를 적셨다.

"아니, 너 왜 우느냐? 여기서 평생 살 줄 알았느냐? 승진하여 서울로 가게 된 것이니 섭섭하게 생각하지 말고 빨리 채비를 차려 내일 오전으로 떠나거라."

겨우 대답하고 물러 나와 안채로 들어가 허물이 적은 어머니께 춘향의 일을 청하다가 꾸중만 실컷 듣고 춘향이 집으로 간다. 설움은 기가 막히나 노상에서 울 수 없어 참고 가는데 속에서 두부장이 끓듯 한다. 춘향 집 문 앞에 당도하니 참았던 울음이 통째 건더기째 보자기째 왈칵 쏟아진다.

"어푸 어푸, 어허엉."

춘향이 깜짝 놀라 왈칵 뛰어 내달아,

"애고, 이게 웬일이어요. 안에 들어가시더니 꾸중이라도 들으셨소? 오다가 길에서 무슨 분한 일을 당했소? 서울에서 무슨 기별이 왔다더니 상이라도 당했소? 점잖으신 도련님이 이게 웬일이어요?"

춘향이 이 도령의 목을 안고 치맛자락으로 눈물을 닦으며,

"울지 마오, 울지 마오."

도련님 기가 막혀 울음이라는 게 말리는 사람이 있으면 더 우는 것이 아닌가. 이 도령의 목청이 더 높아졌다. 춘향이 화를 낸다.

"도련님, 그 입 보기 싫어요. 그만 울고 이유나 말하세요."

"사또께서 동부승지가 되셨단다."

"아니, 그런 경사에 운단 말이에요?"

"너를 버리고 갈 터인데 내가 안 답답하겠느냐?"

"언제는 남원 땅에서 평생 사실 줄 알았어요. 제가 어떻게 함께 가길 바라겠어요. 도련님이 먼저 올라가시면 저는 여기서 팔 것 팔고 정

• **동부승지**(同副承旨) 승정원(承政院)의 정삼품 벼슬로 남원 부사보다는 높은 자리.

리해서 나중에 올라갈 것이니 걱정일랑 마세요. 내 말대로 하면 귀찮지 않고 좋을 거예요. 제가 올라가더라도 도련님 집에서는 살 수 없을 테니 가까운 곳에 방 두엇 되는 집이나 좀 알아 두세요. 우리 식구 가더라도 공밥 먹지는 않을 것이니 걱정일랑 붙들어 두세요. 그럭저럭 지내다 보면 도련님 나만 믿고 장가 아니 갈 수 있겠어요? 재상가 요조숙녀 가려 혼인을 하더라도 서를 아주 잊지는 말아 주세요. 그러다가 도련님이 과거 급제하고 벼슬 높아져 외직에 나갈 때 첩으로 데려가면 무슨 말이 나겠어요? 그렇게 알고 조처해 주세요."

"그게 될 말이냐? 사정이 이러하니 사또께는 말도 못 꺼내고 어머니께 여쭈었더니 꾸중이 대단하다. 양반의 자식이 부형 따라 지방에 내려왔다가 기생첩을 들여 데려간다는 말이 앞길에도 괴이하고 조정에 들어가 벼슬도 못한다더구나. 이별할 수밖에 없다."

이 말을 들은 춘향은 낯빛이 변하면서 머리를 흔들고

눈알을 씰룩대며 얼굴은 붉으락푸르락, 눈은 간잔지런히 뜨고, 눈썹이 꼿꼿해지면서 코는 발심발심, 이는 뽀드득뽀드득 갈며 온몸을 아픈 입 틀듯이 하며 돌연 꿩을 차는 매처럼 주저앉더니,

"허허, 이게 웬 말이오."

왈칵 뛰어 달려들어 치맛자락도 와드득 좌르륵 찢어 버리고 머리카락도 와드득 쥐어뜯어 싹싹 비벼 이 도령 앞에 던지면서,

"뭐가 어쩌고 어째요? 다 쓸데없다, 쓸데없어."

악을 쓴다. 방으로 달려 들어가 거울이든 분갑이든 산호 머리꽂이든 손에 잡히는 대로 방문 밖으로 탕탕 집어던지고 발을 동동 구르고 손뼉을 치면서 돌아앉아 신세를 탄식한다.

"서방 없는 춘향이 세간살이 무엇하며 단장하여 누구 눈에 사랑받을꼬? 몹쓸 년의 팔자로구나. 이팔청춘 젊은 것이 이별 될 줄 어찌 알았으랴. 부질없는 이내 몸, 허망한 말에 앞길 막히고 신세 버렸구나. 아이고아이고 내 신세야."

신세타령을 하다가 천연스럽게 돌아앉아 묻는다.

"도련님, 이제 막 하신 말씀이 참말이오, 농말이오? 우리 둘이 백년 언약 맺은 것이 언제 사또께서 마님께서 시켜서 한 일입니까? 핑계는 웬 핑계요? 광한루에서 잠깐 보고 내 집에 찾아와서 인적 없는 한밤 중에 도련님은 저기 앉고 나는 여기 앉아 나더러 하신 말씀 '너를 첫 아내처럼 알 테니 장가들기 전인 것은 염려 마라.' 하시고, 작년 오월 단옷날 밤 내 손길 부여잡고 우당탕탕 밖으로 나와 마루에 우뚝 서 서 별빛 반짝이는 맑은 하늘 천 번이나 가리키며 만 번이나 맹세하여 내 정녕 믿었는데, 결국 가실 때는 톡 떼어 버리시니 이팔청춘 젊은 것 이 낭군 없이 어찌 살까? 쓸쓸히 빈방 긴긴 가을밤에 상사 시름 어찌 할까? 애고애고 내 신세야. 모질도다 모질도다, 도련님이 모질도다. 독 하도다 독하도다, 서울 양반 독하도다. 원수로다 원수로다, 존비귀천이 원수로다. 천하에 다정한 게 부부 사이 정이라는데 이렇게 독한 양반 이 세상에 또 있을까. 애고애고 내 일이야. 여보 도련님, 춘향이 천하 다고 함부로 버려도 그만인 줄 알지 마오. 박명한 춘향이가 밥 못 먹 고 잠 못 자면 며칠이나 살 듯하오? 상사로 병이 들어 애통하다 죽게 되면 원망스런 내 혼이 원귀가 될 것이니 귀하신 도련님 이것이 재앙 이 아니리오. 사람의 대접을 그리 마오. 인물 대접하는 법이 이런 법 이 왜 있을꼬? 죽고지고 죽고지고, 애고애고 설운지고."

한참 이렇게 자지러지듯 서럽게 우니 춘향모는 까닭도 모르고,

"저것들이 또 사랑싸움 났구나. 거참 아니꼽다. 눈구석에 쌍가래톳 설 일 많이도 보겠네."

하고 듣고 있자니 아무래도 울음이 길었다. 가까이 가 창문 밖에서 가만히 들어 보니 아무리 들어도 이별이었다.

"허허, 이것 별일 났다!"

두 손을 땅땅 치며,

"허허 동네 사람들, 다 들어 보소. 오늘로 우리 집에 사람 둘이 죽습니다."

두 칸 마루에 성큼 올라가 미닫이문을 두드리며 와르륵 달려들어 주먹으로 겨누면서,

"이년, 이년, 썩 죽어라. 살아서 쓸데없다. 너 죽은 시체라도 저 양반이 지고 가게. 저 양반 올라가면 누구 간장을 녹이려고 그러느냐? 이년, 이년, 말 듣거라. 내 항상 일렀지 않느냐. 후회하기 쉬우니 도도한 마음 먹지 말고 여염 사람 가리어서 형세 지체 너와 같고 재주 인물 너와 같은 봉황의 짝을 얻어 내 앞에서 노는 모습을 내 눈으로 보았으면 너도 좋고 나도 좋지 않았느냐. 마음이 도도하여 남과 유난히 다르더니 잘되고 잘되었다."

두 손을 꽝꽝 마주치며 이 도령에게도 달려든다.

"도련님, 나하고 말 좀 합시다. 내 딸 춘향을 버리고 간다는데 무슨 죄로 그러시오? 춘향이 도련님을 모신 지 거의 일 년이나 되었는데 그 사이 행실이 그르던가, 예절이 그르던가, 바느질이 그르던가, 언어가 불순하던가, 잡스런 행실로 길거리 기생처럼 음란하던가, 무엇이 그르

---

* **쌍가래톳** 림프샘이 부어 생기는 멍울.

던가? 이런 봉변이 웬일인가? 칠거지악 아니고서는 군자가 숙녀를 못 버리는 법도 모른단 말인가? 내 딸 춘향 어린것을 밤낮으로 사랑할 제 안고 서고 눕고 자며 백 년 삼만 육천 일 떠나 살지 말자 하며 밤낮 으로 어르더니 떠날 때는 이렇게 뚝 떼어 버리시니 '버들가지 천만 줄 기인들 가는 봄바람을 어찌하며', 낙화 낙엽 되고 나면 어느 나비가 다시 올까? 백옥 같은 내 딸 춘향 꽃같이 예쁜 몸도 부득이 장차 늙어 홍안이 백수 되면 '때어 때여 다시 오지 않는다.'라는 말처럼 다시 젊어 지지 못하나니 무슨 죄가 진중하여 백 년 세월 허송하리.

도련님 가신 후에 내 딸 춘향이 임 그리워할 때 달 밝은 삼경에 겹겹 이 쌓인 수심, 어린것이 낭군 생각 절로 나서 담배 피워 입에 물고 초 당 앞 꽃 계단 위 이리저리 다니다가 불꽃 같은 상사 시름 가슴에서 솟아나서 손 들어 눈물 씻고 후유 한숨 길게 쉬고 북쪽을 가리키며 '한양 계신 도련님도 나와 같이 그리워할까? 무정하여 아주 잊고 편 지 한 장 안 하시나?' 긴 한숨으로 흐르는 눈물, 옥 같은 얼굴 붉은 저 고리 다 적시고 제 방으로 들어가서 의복도 벗지 않고 외로운 베개 위 에 벽만 안고 돌아누워 주야로 긴 탄식 우는 것은 병이 아니고 무엇이 오? 상사 시름 깊이 든 병 내가 구하지 못하고 원통하게 죽거든 칠십 늙은 것이 딸 잃고 사위 잃고 태백산 갈가마귀 게 발 물어다 던진 듯, 혈혈단신 이내 몸이 누굴 믿고 살란 말인가? 남 못할 일 그리하지 마 시오. 애고애고 설운지고. 못하지요. 몇 사람이나 신세를 망치려고 안 데려간단 말이오. 도련님은 대가리가 둘 돋쳤소? 애고 무서워라, 이 쇳덩이 같은 놈아."

왈칵 뛰어 달려드니, 이 말이 만일 사또께 들어가면 큰 야단이 날 것이었다.

　　"여보게, 장모. 너무 그러지 말고 여기 앉아 내 말을 좀 들어 보시오. 춘향이를 데려간다고 해도 가마나 쌍교, 말을 태워 가면 필경 말이 날 것인즉 달리 변통할 방법이 없네. 내 기가 막히는 가운데 번뜩 떠오른 꾀 하나가 있네마는 이 말을 입 밖에 냈다가는 양반 망신만 하는 게 아니라 우리 조상들 모두를 망신시킬 말이라네."

　　"무슨 그렇게 좋은 수가 있단 말인가?"

　　"내일 어머니를 모시고 떠날 때 행차 뒤에 사당이 따를 텐데 사당을 내가 모시겠네."

　　"그래서요?"

　　"그만하면 알지."

　　"나는 그 말 모르겠소."

　　"신주는 꺼내 내 옷소매에 모시고 춘향은 작은 가마에 태워 가면 되지 않겠나? 걱정 말고 염려 말게."

　　춘향이 그 말 듣고 물끄러미 이 도령을 바라보더니 어머니를 달랜다.

　　"어머니, 도련님을 너무 조르지 마세요. 아마도 이번에는 이별할 수밖에 없을 것 같아요. 우리 모녀 평생 신세가 도련님 손에 달렸으니

---

* **칠거지악(七去之惡)** 아내를 내쫓을 수 있는 이유가 되었던 일곱 가지 허물.
* **버들가지~어찌하며** 이원익(李元翼)이 남긴 시조의 종장. 원문은 '양류천만사(楊柳千萬絲)인들 가는 춘풍 어이하며'이다.
* **때여~않는다** 《사기(史記)》의 〈회음후전(淮陰候傳)〉에 나오는 말.

알아서 하라는 당부나 하세요."

"이왕 이별이 될 바에야 가시는 도련님께 왜 조르겠냐마는, 너무 갑갑해서 그러는 것이지. 내 팔자야."

"어머니는 건넌방으로 가세요. 내일은 정말 이별인가 봐요. 애고애고 내 신세야. 이별을 어찌할까? 여보 도련님."

"왜야?"

"정말 이별하는 건가요?"

촛불을 돋우고 둘이 서로 마주 앉아 갈 일을 생각하고 보낼 일을 생각하니 정신이 아득하여 한숨짓고 눈물겨워 흐느끼며 서로 손을 잡고 쓰다듬고 얼굴도 대어 보는데,

"날 볼 날이 몇 밤이오. 애달프다. 나쁜 수작도 오늘 밤이 마지막이니 도련님 나의 서러운 하소연을 들어 보시오. 나이 육십 가까운 나의 모친, 일가친척 하나 없고 무남독녀 나 하나라. 도련님께 의탁하여 영화를 얻을까 바라더니 조물주가 시기하고 귀신이 해코지해 이 지경이 되었구나. 애고애고 내 일이야. 도련님 올라가면 나는 누구를 믿고 살리까? 천만 가지 근심과 원한, 내 회포 주야로 어찌 생각할까. 배꽃 복숭아꽃 만발할 때 물가의 즐거움 어찌하며 국화 단풍 짙어 갈 때 외로운 절개 어찌 홀로 숭상할까. 독수공방 긴긴 밤 이리 뒤척 저리 뒤척 어찌하리. 쉬는 것이 한숨이요, 뿌리는 것이 눈물이라. 적막강산 달 밝은 밤에 두견새 울음 누가 막을까. 춘하추동 사시절 겹겹이 싸인 풍경을 보는 것도 근심이요, 듣는 것도 수심이라."

애고애고 슬피 우니 이 도령 하는 말이,

"울지 마라, 춘향아. '임은 소관에서 수자리 살고 첩은 오나라에 있네.'라고 했으니, 소관의 수자리꾼들과 오나라 아내들도 동서에서 임 그리며 안방 깊은 곳에서 늙어 갔고, '먼 길 떠난 임 가신 길이 그 얼마런가?'라고 했으니, 변경에 출정한 군사들과 푸른 물 연꽃 사이에서 연을 캐던 여인들도 부부 사이 새로 난 정 지극히 두텁다가 달 밝은 가을밤 강산은 적막한데 연을 키우며 남편을 그리워했단다. 허나 올라간 뒤라도 창가에 달이 밝거든 천 리 밖 내 생각 부디 너무 하지 마라. 너를 두고 가는 내가 하루 열두 시 잠시도 무심하겠느냐. 울지 마라, 울지 마라."

춘향이 또 울며 하는 말이,

"서울 가면 집집마다 미인 있고 곳곳마다 풍악이 울릴 텐데 놀기 좋아하는 도련님이 주야로 호강하며 놀 때 나 같은 천한 계집을 손톱만큼이나 생각하겠어요? 애고애고 내 신세야."

"춘향아, 울지 마라. 한양성 남북 마을에 아름다운 여자들이 많겠지만, 안방 깊은 곳 정 깊은 사람은 너밖에 없으니 걱정 마라. 내 아무리 대장부라도 잠시인들 너를 잊겠느냐?"

서로 기가 막혀 이별이 길어지는데 이 도령을 모시고 갈 사령이 헐레벌떡 뛰어 들어왔다.

"도련님, 어서 가세요. 도련님 찾느라 야단났어요. 사또께서 도련님

• **임은~있네** 당나라 시인 왕가(王駕)의 시구.
• **먼~얼마런가?** 당나라 시인 왕발(王勃)의 〈채련곡(採蓮曲)〉의 한 구절.

어디 갔느냐 하시기에 소인이 같이 놀던 친구 작별하러 잠깐 나가셨노
라고 둘러댔으니 어서어서 가세요."

"말은 대령했느냐?"

"마침 말을 대령했습니다."

불쑥 올라타니 말은 가자고 네 굽을 탁탁 치는데 춘향이 다시 이 도
령의 다리를 부여잡는다. 버선발을 잡고 죽이고 가지, 살리고는 못 간
다고 악을 쓰다가 기절한다. 춘향모가 쌈싹 놀라 급히 향단을 불렀다.

"향단아, 어서 찬물 떠 오너라. 차를 달이고 약을 갈아라. 이 몹쓸
년아, 늙은 어미 어쩌라고 몸을 이리 상하게 하느냐?"

춘향은 정신을 차려 가슴을 쳤다.

"애고 갑갑해라."

춘향모 기가 막힌다.

"여보 도련님, 남의 귀한 자식 이 지경이 웬일이오.
꼿꼿하고 깨끗한 우리 춘향이 애통해 죽으면 혈혈단
신 이내 신세 누굴 믿고 살란 말이오."

도련님, 어이가 없다.

"춘향아, 이게 웬일이냐? 나를 영영 안 보려느
냐? '하수 다리에 해 질 무렵 근심 구름 일
어난다.'는 소통국 모자의 이별,
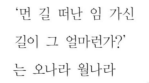
'먼 길 떠난 임 가신
길이 그 얼마런가?'
는 오나라 월나라

여인들의 부
부 이별, '모두 머리
에 수유를 꽂았는데 형
제 한 사람이 모자라는구
나!'는 용산의 형제 이별, '서
쪽 양관으로 나서면 벗이 없으
리.'는 위성의 친구 이별, 세상에 이
별이 많아도 소식을 들을 때가 있고 만
날 때가 다 있느니라. 내가 올라가서 장
원 급제하여 너를 데려갈 것이니 울지 말
고 잘 있거라. 너무 울면 눈도 붓고 목도
쉬고 골머리도 아프단다. 돌이라도 망부
석은 천년만년 지나도 무덤 돌이 될 줄
모르고, 나무라도 상사목은 창밖에 우뚝
서서 봄이 다 지나도록 잎이 필 줄 모르
고, 병이라도 마음의 병은 자나 깨나 잊
지 못하다가 죽느니라. 네가 나를 보려거

● **하수~일어난다** 한나라 무제의 신하 소무가 흉노 여인과 결혼해 낳은 아들이 소통국인
데, 십구 년 만에 소무가 아들을 불러올 때 두 모자가 이별하는 슬픈 정경을 노래한 것.
● **모두~모자라는구나** 당나라 시인 왕유(王維)의 시 〈억산동형제(憶山東兄弟)〉의 한 구절.
● **서쪽~없으리** 왕유의 시 〈송원이사안서(送元二使安西)〉의 한 구절.

든 서러워 말고 몸 간수 잘하거라."

춘향은 어쩔 수 없이 눈물을 거두며 향단을 부른다. 이별에 술 한 잔이 없을 수 없는 것이다.

"여보 도련님, 내 손에 술이나 마지막으로 잡수시오. 도시락도 없이 가실 것인데 내 찬합 가져다가 숙소에 머물 때 날 보는 듯이 잡수시오. 향단아, 찬합 술병 내오너라."

춘향이 술 한잔을 가득 부어 눈물을 섞어 드리면서 하는 말이,

"한양성 가시는 길에 길가에 푸른 나무를 보시거든 먼 데서 서러운 정을 품고 있는 나를 생각하시고, 좋은 계절이 되어 가랑비가 흩날리거든 '길 가는 이 혼을 끊노라.'라고 한 것처럼 말 위에서 피곤해 병 날까 염려되오니 일찍 일찍 주무시고 비바람 치는 날에는 늦게 늦게 떠나시고 한 채찍 천리마에 모실 사람 없사오니 부디부디 천금같이 귀한 몸 잘 보중하옵소서. 서울 길 평안히 가시옵고 도착하시면 종종 편지나 주옵소서."

도련님 하는 말이,

"소식은 걱정 마라. 요지의 서왕모도 주목왕을 만나려 할 때 파랑새 한 쌍이 스스로 와 수천 리 먼 길 소식을 전해 주었고, 한 무제 중랑장 소무는 기러기 다리에 편지 묶어 임금께 보냈는데, 흰기러기, 파랑새는 없을망정 남원 가는 사람이야 없겠느냐? 슬퍼 말고 잘 있거라."

말을 타고 하직하니 춘향이 기가 막혀 하는 말이,

"우리 도련님 가네 가네 해도 거짓말로 알았는데, 말 타고 돌아서니 참말로 가는구나!"

춘향이 마부를 불러,

"마부야, 내가 문밖으로 나설 수가 없으니 말을 붙들어 잠깐만 지체해 다오. 도련님께 한 말씀만 드릴란다."

춘향이 달려 나와,

"여보 도련님, 이제 가시면 언제 오시려오. 사계절 소식 끊어질 절(絕), 보내나니 아주 영원히 끊기는 영절(永絕), 푸른 대 푸른 솔, 백이숙제의 만고 충절(忠節), 천산조비절, 병들어 누우니 인사절, 죽절, 송절, 춘하추동 사시절, 끊어지니 단절·분절·훼절, 도련님 날 버리고 박절히 가시니 속절없는 내 정절, 독수공방 수절할 제 어느 때 파절할까? 첩의 사연 슬픈 고절, 주야로 미절하니 부디 소식 돈절 마오."

대문 밖에 거꾸러져 곱디고운 두 손으로 땅을 꽝꽝 치며,

"애고애고 내 신세야."

'애고' 한소리에 '누런 티끌 어지러이 흩어지며 바람은 쓸쓸한데, 깃발은 빛을 잃고 햇빛도 옅어지는구나!' 엎어지며 자빠질 때 서운치 않게 떠날 양이면 몇 날 며칠의 이별이 될 줄 모르겠다. 이 도령이 눈물을 흘리고 훗날을 약속하며 말을 재촉해 가는 모습이 춘향에게는 마

• **길~끊노라** 당나라 시인 두목(杜牧)의 시 〈청명(淸明)〉의 한 구절.
• **백이숙제(伯夷叔齊)** 중국 주(周)나라의 전설적인 형제 성인. 주나라 무왕이 은나라를 치려 하자 이를 반대하며 주나라의 곡식 먹기를 거부하고 굶어 죽었다.
• **천산조비절(千山鳥飛絕)** 모든 산에 새가 날아다니는 것조차 끊어졌네. 당나라 시인 유종원(柳宗元)의 시 〈강설(江雪)〉의 한 구절.
• **파절(破節), 고절(苦節), 미절(微節), 돈절(頓絕)** 파절은 절개를 깨는 것, 고절은 굳은 절개, 미절은 자신의 절조를 겸손하게 이른 것, 돈절은 소식을 끊는다는 뜻이다.
• **누런~옅어지는구나** 당나라 시인 백거이(白居易)의 시 〈장한가(長恨歌)〉의 구절.

치 거센 바람에 몰려가는 한 조각 구름과 같았다.

이 도령을 보낸 춘향은 하릴없이 방으로 들어가서,

"향단아, 주렴 걷고 이불 깔고 문 닫아라. 이제 도련님을 생시에는 만나 보기 어려우니 잠들면 꿈에서나 만나야겠구나. 예로부터 이르기를 '꿈에 보이는 임은 믿을 수 없다 하건마는 답답이 그리울 땐 꿈 아니면 어이 보리.' 꿈아 꿈아, 너라도 오너라. 수심이 겹겹 한이 되어 꿈에도 못 이루면 어찌하랴. 애고애고 내 일이야. 인간사 이별 중에 독수공방 어이하랴. 그리워도 보지 못하는 내 마음 누가 있어 알아주랴? 미친 마음 이렁저렁, 흩어진 근심 후리쳐 다 버리고, 자나 누우나 먹으나 깨나 임 못 봐서 답답한 가슴, 어린 모습 눈에 삼삼, 고운 소리 귀에 쟁쟁, 보고지고 보고지고 임의 얼굴 보고지고, 듣고지고 듣고지고 임의 소리 듣고지고.

전생에 무슨 원수였길래 우리 둘이 생겨나서, 서로 그리워 함께 만나 잊지 말자 처음 맹세, 죽지 말고 한데 있어 백년가약 맺은 맹세, 천금 주옥은 꿈밖이요, 세상사 모든 일을 관계하랴. 근원이 흘러 물이 되어 깊고 깊고 다시 깊고, 사랑 모여 산이 되어 높고 높고 다시 높아 끊어질 줄 모르는데 무너질 줄 어찌 알았으랴? 귀신이 해치고 하늘이 시기한 것이 분명하구나. 하루아침에 낭군 이별하게 되었으니 어느 날에 다시 만나 보랴. 천만 가지 근심과 원한 가득해 끝끝내 느끼워라. 고운 얼굴 구름 같은 머리 헛되이 늙어 가니 해와 달이 무정하구나.

오동 잎 지는 달 밝은 밤은 어찌 그리 더디 새며 녹음방초 기우는 곳에 해는 어찌 더디 가는고? 이 상사를 아시면 임도 나를 그리워하시련만 독수공방 홀로 누워 한숨이 벗이 되고 굽이굽이 간장이 썩어 솟아나는 것이 눈물이라. 눈물 모여 바다가 되고 한숨 지어 청풍이 되면 조각배 만들어 타고 한양 낭군 찾으련만 어찌 그리 못 보는가. 근심 어린 달 밝은 밤 정성스레 빌고 나면 우리 낭군 느끼건만 분명한 꿈이로구나. 밤하늘에 달은 걸렸는데 소쩍새 울음소리는 임 계신 곳에 비치련만 마음속에 앉은 근심 나 혼자뿐이로다. 밤빛이 어두운데 깜빡깜빡 비치는 건 창밖의 반딧불이로다. 밤은 깊어 삼경인데 앉았은들 임이 올까 누웠은들 잠이 올까. 임도 잠도 아니 온다. 이 일을 어찌하랴. 아마도 원수로다.

흥이 다하면 슬픔이 찾아오고 고생 끝에 낙이 온다는 말 예로부터 있건마는, 기다림도 적지 않고 그리움도 오래건만 애간장 마디마디 굽이굽이 맺힌 한을 임이 오지 않으면 누가 풀까? 하늘이여 굽어 살피사 어서 보게 하옵소서. 다하지 못한 인정 다시 만나 백발이 다하도록 이별 없이 살고 싶다. 묻노라, 푸른 강 푸른 산아, 우리 임 초췌한 꼴 갑자기 이별한 후 소식조차 끊어졌다. 사람이 목석이 아닐진대 임도 응당 느끼리라. 애고애고 내 신세야."

이렇듯 탄식 속에 춘향은 세월을 보냈다.

이때 이 도령도 서울 올라갈 때 숙소마다 잠을 못 이루고,

"보고 싶다, 내 사랑 보고 싶다. 주야로 잊지 못하는 우리 사랑, 날 보내고 그리워하는 마음 속히 다시 만나 풀리라."

세월이 더할수록 더 그리워지는 임, 이 도령은 마음을 굳게 먹고 빨리 과거에 급제하여 지방으로 벼슬살이 나가기를 고대했다.

신관 사또 변학도, 남원에 내려오다

이때 여러 달 만에 남원 땅에 새 사또가 임명되었다. 서울 자하골의 변학도라는 양반이 내려오는데 글도 제법 잘하고 풍채도 있고, 풍류는 통달하여 오입질도 넉넉했다. 다만 한 가지 흠은 성질이 괴팍한 가운데 때때로 미친 듯이 날뛰는 증세를 겸하니, 때로는 덕을 잃고 때로는 그릇된 판결을 하는 일이 많은 까닭에 세상에 아는 사람은 다 고집불통이라고 했다.

남원 고을의 사령들이 신연 인사를 왔다.

"사령 등이 인사 올립니다."

"이방이오."

"감상이오."

"수배요."

"이방 부르라."

"이방 대령이오."

"그사이 너희 고을에 아무 일 없었느냐?"

"예, 아직 아무 일 없습니다요."

"너희 고을 관노가 삼남 땅에서 제일이라지?"

"예, 부릴 만하옵니다."

"음, 또, 너희 고을의 춘향이란 계집이 매우 어여쁘다지?"

"예."

"잘 있느냐?"

"잘 있습니다요."

"남원이 여기서 몇 리나 되는고?"

"육백삼십 리입니다."

"마음이 바쁘니 급히 떠날 채비를 차려라."

첫인사 갔던 이방 등이 물러 나오며 저희들끼리 걱정스레 떠든다.

"우리 고을에 큰일 났다."

이때 신관 사또, 출행 날을 급히 받아 부임지로 내려올 때 행렬이 대단하다. 구름 같은 가마에 사령들은 좌우로 떡하니 늘어서고, 좌우

● 신연(新延) 도나 군의 장교와 이속들이 새로 부임하는 감사나 수령을 그의 집에까지 찾아가서 모셔 오던 일.
● 감상(監床) 음식상을 점검하는 아전.
● 수배(首陪) 사또를 뒤따라 수행하는 사령 중의 우두머리.
● 관노(官奴) 관청에 소속된 노비.
● 출행(出行) 먼 길을 떠나는 것.

편을 부축하는 종들은 색깔 진한 모시 제복
에 흰모시 전대 고리를 엇비슷이 눌러 매고
대모관자에 통영갓을 이마에 눌러 숙여 쓰
고 의장 줄을 검쳐 잡고,

　"에라 물러섰거라. 나섰거라."

　경계가 지엄하고 좌우 하인은 긴 말고
삐 잡기에 힘을 쓴다. 통인 한 쌍이 갓벙
거지 쓰고 행차 뒤를 따르고, 수배, 감상,
공방이며 사또맞이 이방은 쌍꺼풀진 눈시
울에 주름살이 의젓하다. 종 한 쌍, 사령 한
쌍, 양산 든 종은 앞에서 모시며 큰길가에 갈
라 섰다.

　전주에 이르러 태조 임금 영정 모신 경기전 객사
에 부임을 아뢰고, 영문에 잠깐 들렀다 좁은 목 썩 내

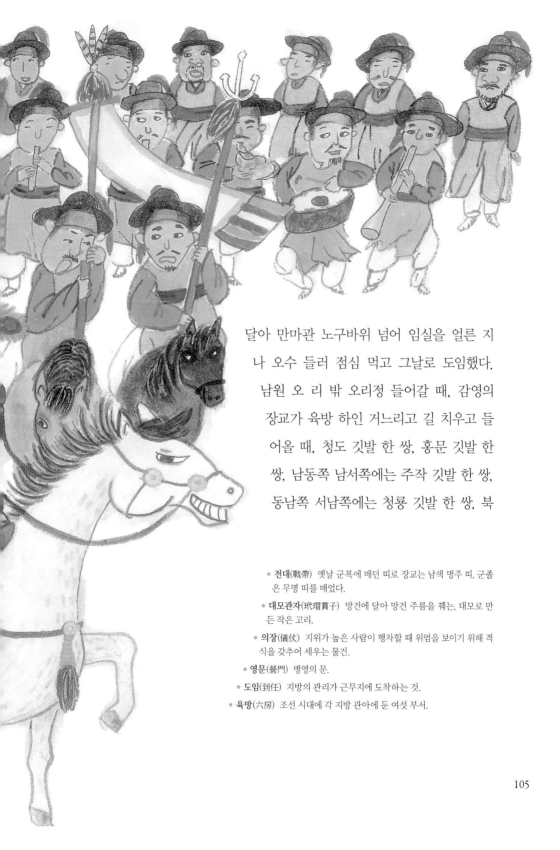

달아 만마관 노구바위 넘어 임실을 얼른 지
나 오수 들러 점심 먹고 그날로 도임했다.
남원 오 리 밖 오리정 들어갈 때, 감영의
장교가 육방 하인 거느리고 길 치우고 들
어올 때, 청도 깃발 한 쌍, 홍문 깃발 한
쌍, 남동쪽 남서쪽에는 주작 깃발 한 쌍,
동남쪽 서남쪽에는 청룡 깃발 한 쌍, 북

- **전대**(戰帶) 옛날 군복에 매던 띠로 장교는 남색 명주 띠, 군졸
  은 무명 띠를 매었다.
- **대모관자**(玳瑁貫子) 망건에 달아 망건 주름을 꿰는, 대모로 만
  든 작은 고리.
- **의장**(儀仗) 지위가 높은 사람이 행차할 때 위엄을 보이기 위해 격
  식을 갖추어 세우는 물건.
- **영문**(營門) 병영의 문.
- **도임**(到任) 지방의 관리가 근무지에 도착하는 것.
- **육방**(六房) 조선 시대에 각 지방 관아에 둔 여섯 부서.

동쪽 북서쪽에는 현무 깃발 한 쌍, 등사 깃발 한 쌍, 순시 깃발 한 쌍, 영기 한 쌍, 집사 한 쌍, 기패관 한 쌍, 군노 열두 쌍, 좌우가 요란했다. 행군 취타 풍악 소리 성 동쪽에 진동하고 삼현 육각 풍악 소리와 말 부리는 소리 멀리까지 낭자하다. 광한루에 자리 잡아 옷을 갈아입고 부임 의식 행하려고 가마 타고 객사에 들어갈 때, 백성들이 보는 가운데 지나가니 위엄 있게 보이려고 작은 눈을 크게 뜨고 무섭게 부라렸다.

객사에서 도임 의식을 치르고 동헌에 나아가 도임상을 잡순 후에,

"행수 문안드립니다."

우두머리 군관의 의례를 받고, 육방에 속한 관속들의 인사를 받고는 사또, 급히 분부한다.

"수노 불러 기생 점고하라."

"예, 시작하겠습니다요."

호장이 기생 이름이 적힌 책을 들고 차례로 이름을 부르는데, 이름만 부르는 것이 아니라 이름 앞에 글귀를 넣어 불렀다.

"비 온 뒤 동쪽 산에 떠오른 명월(明月)이."

명월이가 들어오는데 비단 치맛자락을 거듬거듬 걷어 가슴께에 딱 붙이고 아장아장 걸어 들어와 절을 한다.

"'고기잡이 배가 물길을 따르며 사랑하는 봄 산' 양쪽의 봄빛이 이 아니냐? 도홍(桃紅)이."

도홍이가 붉은 치맛자락을 걷어 안고 아장아장 조촘조촘 걸어 나와 절을 한다.

"단산의 봉황이 짝을 잃고 벽오동에 깃드니 산수의 신령함이요 날 짐승의 정기라. '굶주려도 좁쌀을 쪼지 않는' 굳은 절개 채봉이."

채봉이가 들어오는데 비단 치마 두른 허리 맵시 있게 걷어 안고 연 꽃같이 단아한 걸음을 단정히 옮겨 아장아장 걸어 들어와 절을 한다.

"깨끗한 연꽃에게 절개를 묻노라. 어여쁘고 고운 태도 꽃 가운데 군 자로다. 연심(蓮心)이."

연심이가 들어오는데 비단 치마를 걷어 안고 비단 버선 수놓은 신 발을 끌고 아장아장 가만가만 들어와 절을 한다.

"화씨의 옥같이 밝은 달 푸른 바다에 드니 형산백옥 명옥(明玉)이."

명옥이가 들어오는데 고운 태도 걸음걸이 진중하게 아장아장 가만 가만 들어오더니 절을 한다.

"'구름은 엷고 바람은 가벼우니 한낮에 가까운데' 버들가지에 앉은 한 마리 꾀꼬리 앵앵(鶯鶯)이."

앵앵이가 들어오는데 붉은 치맛자락을 휘둘러 가슴에 딱 붙이고 아

- **기패관**(旗牌官) 여러 군영에서 지방 출신 군사들의 훈련을 맡아보던 무관 벼슬.
- **군노**(軍奴) 군아(軍衙)에 속한 사내종.
- **삼현 육각**(三絃六角) 거문고·가야금·당비파가 삼현, 북·장고·해금·피리·태평소가 육각이다.
- **동헌**(東軒) 지방 고을의 사또가 관청의 공적인 업무를 처리하던 집.
- **수노**(首奴) 관아에 소속된 노비 가운데 우두머리.
- **점고**(點考) 명단에 하나하나 점을 찍어 가며 사람의 숫자를 세는 일.
- **호장**(戶長) 각 고을 아전 중에 제일 높은 사람.
- **고기잡이~산** 왕유의 시 〈도원행(桃源行)〉에서 인용했다.
- **굶주려도~않는** 이백의 시 〈고풍상(古風上)〉의 한 구절.
- **구름은~가까운데** 정호(鄭顥)의 시 〈춘일우성(春日偶成)〉의 한 구절.

장아장 가만가만 들어오더니 절을 한다.

이때 답답한지 사또 분부를 내린다.

"뭐 그리 복잡한고? 자주 불러라."

"예."

호장이 분부를 듣고 네 글자 말머리로 부르는데,

"광한전 높은 집에 복숭아 바치던 고운 선녀 계향(桂香)이."

"예, 등대하였소."

"'소나무 아래 아이야, 묻노라 선생 소식', 겹겹 청산의 운심(雲心)이."

"예, 등대하였소."

"달나라 높이 올라 계수나무 꺾으니 애절
(哀折)이."

"예, 등대하였소."

"'묻노라, 술집이 어디뇨?' 목동이 멀리 가리키는 곳에 행화(杏花)."

"예, 등대하였소."

"아미산에 떠오른 달이 반쯤만 산마루에 걸친 가을, 달그림자는 강
물에 흐르는구나.' 강선(江仙)이."

"예, 등대하였소."

- **소나무~소식** 가도(賈島)의 시 〈방도자불우(訪道者不遇)〉에서 따왔다. 이 시에는 '소나무 아래에서 아이
  에게 물으니, 선생은 약초를 캐러 갔는데 다만 이 산속에 있으리로되 구름이 깊어 있는 곳을 모르겠다고 말
  하더라.'는 내용이 있다.
- **묻노라~어디뇨?** 두목의 시 〈청명〉의 한 구절.
- **아미산에~흐르는구나** 이백의 시 〈아미산월가(峨嵋山月歌)〉의 한 구절.

"오동나무 덮은 판으로 거문고 타고 나니 탄금(彈琴)이."

"예, 등대하였소."

"팔월 연꽃 군자 모습 연못 가득한 가을 물속의 홍연(紅蓮)이."

"예, 등대하였소."

"주홍색 당팔사로 갖은 매듭 차고 나서니 금낭(錦囊)이."

"예, 등대하였소."

사또 못 참고 또 분부를 내린다.

"한숨에 열두서넛씩 불러라."

호장이 분부 듣고 자주 부른다.

"양대선, 월중선, 화중선이."

"예, 등대하였소."

"금선이, 금옥이, 금련이."

"예, 등대하였소."

"바람 맞은 낙춘이."

"예, 등대 들어가오."

낙춘이가 들어오는데 잔뜩 맵시 있는 체하며 들어오는 것이 얼굴 잔털 손질한다는 말은 들었던지 이마빡에서 시작하여 귀 뒤까지 파 제치고, 분 화장한다는 말은 들었던지 질 나쁜 개분 석 냥 일곱 돈어 치를 무지막지하게 사다가 성벽에 회칠한 듯 반죽하여 온 낯에 떡칠을 하고 들어온다. 키는 사근내 고을 장승만 한 년이 치맛자락을 훨씬 추 켜 턱밑에 딱 붙이고 무논의 백로 걸음으로 찔룩찔룩 껑충껑중 엉금 슬쩍 들어오더니 점고를 받는다.

"낙춘이 문안드리오."

줄지어 고운 기생 그 가운데 많건마는 사또께서는 근본 춘향이 말을 높이 들었는지라 목을 빼고 아무리 기다려도 춘향이 이름이 들리지 않았다. 사또가 수노를 불러 묻는다.

"기생 점고 다 되었는데 어째 춘향이는 안 부르냐, 퇴기냐?"

수노가 여쭌다.

"춘향모는 기생이지만 춘향이는 기생이 아닙니다."

사또가 묻는다.

"춘향이가 기생이 아니라면 어째서 규중에 있는 처녀가 그리 이름이 났단 말이냐?"

수노가 여쭌다.

"본래 기생의 딸이지만 어여쁘고 덕이 있어서 권세 있는 양반들과 재주 있는 선비들, 내려오시는 벼슬아치마다 만나려고 간청했지만 춘향 모녀가 듣지 않았습니다. 그래서 양반들은 물론이고 소인들도 가물에 콩 나듯 어쩌다 한번 본 일은 있지만 말을 붙여 본 일은 없었는데, 하늘이 정한 연분인지 지난번 사또 아들 이 도련님과 백년가약을 맺고 도련님 가실 때 '장원 급제 후 데려가마.' 당부했고, 춘향이도 그리 알고 수절하고 있다고 하옵니다."

사또 화를 낸다.

● 당팔사(唐八絲) 중국에서 만든 매우 가는 노끈.

"이 무식한 놈들아. 어떤 양반이 엄한 부모 밑에 살면서 결혼 전에 데리곤 놀던 계집을 데려가겠느냐? 이놈, 다시 그런 말을 입 밖에 내면 죄를 면치 못하리라. 내가 저 하나를 보려다가 못 보고 그저 말겠느냐. 잔말 말고 불러오너라."

춘향을 부르란 명령이 내렸지만 누구도 선뜻 나서지 않는데 호장이 머뭇거리다가 여쭈었다.

"춘향이 기생도 아니고 옛 사또 자제와의 약속이 중한데, 나이는 다르지만 같은 양반의 의리로 공연히 불렀다가 혹시 사또 체면 상할까 걱정되옵니다."

그 말에 변 사또 화가 머리 꼭대기에 올라붙었다.

"만일 더 지체했다가는 호장, 이방, 형리 이하 각 청 두목들을 모두 쫓아낼 테니 빨리 대령시키지 못할까?"

육방이 소동하고 각 청 두목이 넋을 잃고,

"김 번수야, 이 번수야, 이런 변이 또 있느냐? 불쌍하다, 춘향의 정절 가련하게 되기 쉽구나. 사또 분부 지엄하니 어서 가자, 바삐 가자."

사령, 관노가 뒤섞여 춘향의 집 앞에 이르렀다.

● 형리(刑吏) 죄인들에 대해 형을 집행하던 관리.
● 번수(番手) 당직으로 호위하는 군졸.

춘향, 변학도를
거부하고 싸우다

이때 춘향이는 사령이 오는지 군노가 오는지 모르고 주야로 도련님을 생각해 우는데, 생각지 못할 우환을 당하려 하니 소리가 화평할 수 있겠는가. 한때나마 빈방살이 할 계집아이라 목소리에 청승이 끼어 자연히 슬픈 애원성이 되니 보고 듣는 사람의 심장인들 아니 상할 것인가. 임 그리워 서러운 마음 밥맛 없어 밥 못 먹고 불안한 잠자리에 잠 못 자고 도련님 생각으로 상처가 쌓여 피골이 상접하고 양기가 쇠진하여 진양조 울음이 되어 노래를 부른다.

"갈까 보다 갈까 보다. 임을 따라 갈까 보다. 천 리라도 갈까 보다. 만 리라도 갈까 보다. 바람도 쉬어 넘고 수진이 날진이 해동청 보라매도 쉬어 넘는 높은 고개 동선령 고개라도 임이 와 날 찾으면 신발 벗어 손에 들고 아니 쉬고 달려가리. 한양 계신 우리 낭군 나와 같이 그

리워하는가, 무정하여 아주 잊고 나의 사랑 옮겨다가 다른 임을 사랑
하는가?"

이렇게 한참을 서럽게 울 때 사령 등이 춘향의 슬픈 목소리를 들으
니 목석이라도 어찌 감동을 받지 않겠는가? 봄눈 녹듯 온몸에 맥이
탁 풀렸다.

"참으로 불쌍하다. 오입하는 자식들이 저런 계집을 추앙하지 않는
다면 사람도 아니로다."

허나 사또 명령이 지엄하니 어찌할 도리가 없다. 재촉 사령이 나서며,

"이리 오너라!"

밖에서 외치는 소리에 춘향이 깜짝 놀라 문틈으로 내다보니 사령,
군노들이 나와 있었다.

"아차차, 잊었구나. 오늘이 그 삼일점고라더니 무슨 일이 났나 보다."

문을 열어 젖히며,

"허허 번수님네들, 어서 오세요. 이리 오시니 뜻밖이네요. 이번 신연 길에 병이나 나지 않았어요? 사또는 어떤 분이며 구관 댁에는 가 보셨는가요? 혹시 우리 도련님은 편지라도 한 장 아니하던가요? 내가 전에 양반을 모시기로 남의 이목이 번거롭고 도련님의 정체가 남달라서 모른 체했지만 마음조차 없었겠어요? 들어가셔요, 들어가셔요."

● 애원성(哀怨聲) 슬프게 원망하는 소리.
● 진양조 민속 음악에서 쓰는 판소리 및 산조 장단의 하나로 속도가 가장 느리다.
● 수진이 날진이 해동청 보라매 모두 매의 종류이다.
● 동선령(洞仙嶺) 황해도 황주 남쪽에 있는 고개.
● 삼일점고(三日點考) 수령이 임지에 도착하여 삼일 만에 수하들을 점검하던 일.
● 구관(舊官) 먼저 재임했던 벼슬아치.

김 번수, 이 번수, 여러 번수 손을 잡고 제 방에 앉힌 후에 향단이를 부른다.

"주안상 올려라."

취하도록 먹인 후에 궤짝을 열고 돈 닷 냥을 내어놓으며,

"번수님네들, 가시다 술이나 잡숫고 가옵소서. 뒷말 없게 해 주시고."

사령 등이 약주에 취해 하는 말이,

"돈이라니 당치 않다. 돈 바라고 여기 온 게 아니다."

돈을 놓고 실랑이가 벌어졌다.

"들여놓아라."

"김 번수야, 네가 차라."

"안 된다. 그런데 잎 숫자는 다 맞느냐?"

돈을 받아 차고는 흐늘흐늘 들어갈 때 행수 기생이 들이닥쳤다. 행수 기생이 나오며 손뼉을 땅땅 마주치며,

"여봐라, 춘향아. 내 말 들어 봐라. 너만 한 정절은 나도 있고 너만 한 수절은 나도 있다. 왜 너만 수절이 있고 왜 너만 정절이 있느냐? 정절 부인 애기씨, 수절 부인 애기씨야, 조그마한 너 하나 때문에 육방이 소동하고 각 청 두목이 다 죽어난다. 어서 가자, 바삐 가자."

춘향이 할 수 없이 수절하던 그 태도로 대문을 썩 나선다.

"형님, 형님, 행수 형님. 사람을 그렇게 무시하지 마세요. 거기는 대대로 행수고 나는 대대로 춘향인가. 사람이 한번 죽으면 다 끝이오. 한 번 죽지 두 번 죽나요. 도련님 그리워 죽으나 새 사또에게 맞아 죽으나 죽기는 마찬가지니 어서 갑시다."

행수에게 이끌려 춘향이 비틀비틀 동헌에 들어왔다.

"춘향이 대령했소."

변 사또는 가뭄에 비 만난 듯 입이 찢어져라 웃는 낯이다.

"춘향이가 분명하다. 어서 대 위로 오르거라."

춘향이 올라가 무릎 꿇고 단정히 앉으니 사또가 흠씬 반해,

"책방에 가서 회계 나리 오시라고 해라."

회계 생원이 들어오니 사또 크게 웃으며 서둘러 한마디 던진다.

"어이, 자네 보게. 저게 춘향일세."

"하! 그년 매우 예쁜데요. 자알 생겼소. 사또께서 서울 계실 때부터 춘향 춘향 하시더니 구경 한번 할 만합니다요."

"자네가 중매하겠나?"

사또가 농담처럼 던지는 말에 잠시 어리둥절하던 회계 생원은 사또의 뜻을 알아차리고 느릿느릿 대답했다.

"사또께서 애초에 매파를 보내 보시는 것이 옳은 일이었겠지요. 일이 좀 절차에 어긋나기는 했으나, 이미 이렇게 불렀으니 이제는 혼례를 치를 수밖에 없겠습니다."

변 사또는 싱글벙글하며 춘향에게 분부를 내렸다.

"오늘부터 몸을 깨끗이 하고 수청을 거행하라."

"사또 분부 고마우나 일부종사라, 이미 인연을 맺은 분이 있으니 못

● **행수 기생** 기생의 우두머리.
● **일부종사**(一夫從事) 한 남편만을 섬기는 것.

하겠사옵니다."

사또 웃으며 말하기를,

"아름답고 아름답도다. 계집이로다. 네가 진정 열녀로다. 네 정절 굳은 마음이 어찌 그리 고우냐. 당연한 말이로다. 그러나 이몽룡은 서울 양반의 아들로 이미 명문 귀족의 사위가 되었으니, 일시 사랑으로 잠깐 데리고 논 너 같은 계집을 잠시라도 생각하겠느냐? 네 어여쁜 정절이 너를 백발 할미로 혼자 늙게 하면 어찌 불쌍하지 않으랴. 네가 아무리 수절을 한들 누가 열녀 포상이라도 할 줄 아느냐? 그것은 버려 두고라도 네가 고을 관장에게 매이는 것이 옳으냐, 그 어린아이에게 매이는 것이 옳으냐? 네가 말을 좀 해 보거라."

춘향이 여쭈되,

"충신은 두 임금을 섬기지 않고, 열녀는 두 남편을 모시지 않는다고 했는데, 여러 차례의 분부가 이와 같으니 사는 것이 죽은 것만 못합니다. 뜻대로 하십시오."

옆에서 듣고 있던 회계 생원이 사또를 거든다.

"여봐라. 어, 그년 참 요망한 년이로구나. 하루살이 같은 인생, 좁은 세상에 한번 왔다 가는 미모인데 네가 여러 번이나 사양할 게 뭐 있느냐? 사또께서 너를 추앙하여 하시는 말씀인데 너 같은 창기가 수절이 무엇이며 정절이 무엇이냐? 구관을 보내고 신관 사또를 맞이하면서 기생이 모시는 것은 법전에도 나와 있으니 쓸데없는 소리 말아라. 너희같이 천한 기생들에게 '충렬(忠烈)' 두 글자가 왜 있겠느냐?"

이때 춘향이 기가 막혀 천연스레 앉아 따지고 든다.

"충효열에 위아래가 어디 있소? 자세히 들어 보시오. 기생 말 나왔으니 기생으로 말합시다. 충효열녀 없다고 하니 낱낱이 아뢰리다. 황해도 기생 농선이는 임을 기다리다 동선령에서 얼어 죽었고, 선천 기생은 아이였지만 갈 곳 몰라 헤매던 어린 도령 돌보느라 칠거지악에 들어 있고, 진주 기생 논개는 우리나라의 충렬이라 충렬문에 모셔 놓고 봄가을로 제사를 올리고 있고, 청주 기생 화월이는 삼층 누각에 올라 있고, 평양 기생 월선이도 충렬문에 들어 있고, 안동 기생 일지홍은 살아서 열녀문을 받은 후에 정경부인에 올랐으니 기생을 해치지 마옵소서."

- **충효열**(忠孝烈) 충신, 효자, 열녀를 아울러 이르는 말.
- **충렬문**(忠烈門) 충신열사를 기념해서 세우는 문.
- **열녀문**(烈女門) 열녀의 행적을 기리기 위해 세운 정문(旌門).
- **정경부인**(貞敬夫人) 조선 시대에 정일품, 종일품 문무관의 아내에게 주던 봉작.

회계 생원에게 쏘아붙인 후 말이 난 김에 사또에게도 한마디 한다.

"당초에 이 도령 만날 때 지닌 태산같이 굳은 마음, 소첩의 한마음 정절, 맹분 같은 용맹으로도 못 빼앗을 것이요, 소진과 장의 같은 말재주로도 첩의 마음 바꾸지 못할 것이요, 제갈공명 높은 재주는 동남풍을 빌었지만 일편단심 소녀의 마음은 굴복시키지 못하리다. 기산의 허유는 요임금의 천거도 거절했고, 서산의 백이숙제는 주나라의 좁쌀도 먹지 않았으니, 만일 허유가 없으면 은거는 누가 하며, 만일 백이숙제 없었으면 나라를 어지럽히고 임금을 죽이는 신하가 많으리라. 첩이 비록 천한 계집이지만 허유, 백이를 모르리까? 사람의 첩이 되어 지아비를 배반하고 가정을 버리는 것은 벼슬하는 사또께서 나라를 버리고 임금을 배신하는 것과 같사오니 마음대로 하옵소서."

사또는 화가 치밀었다.

"네 이년, 들어라. 반역을 꾀하는 죄는 능지처참하게 되어 있고, 나라의 관리를 조롱하고 거역하는 죄는 중형에 처하고 유배를 보내라고 법률에 정해져 있으니 죽어도 서러워 말아라."

춘향이 악을 쓰며,

"유부녀 겁탈하는 건 죄가 아니고 무엇이오?"

사또가 기가 막혀 얼마

나 분하던지 책상을 탕탕 두드리니 탕건이 벗겨지고, 상투 고
가 탁 풀리고, 첫마디에 목이 쉬었다.

"이년을 잡아 내려라."

호령이 떨어지니 골방에 있던
통인이 달려들어 머리채를 잡
고 끌어내렸다. 춘향이 잡
은 것을 떨치며,

"놓아라."

중간 계단으로 내려가니
급창이 달려들어,

"요년, 요년, 어떤 자리라고
대답이 그러하냐? 그러
고도 살기를 바라느냐?"

동헌 뜨락으로 내려치
니 호랑이 같은 군노 사령들이

• **소진(蘇秦)과 장의(張儀)** 중국 전국 시대의 유세가
  이자 정치가.
• **허유(許由)** 고대 중국의 전설상의 인물로 요임금이
  왕위를 물려주려 했으나 받지 않고 도리어 자신의 귀
  가 더러워졌다며 강물에 귀를 씻었다고 한다.
• **탕건** 갓 아래 받쳐 쓰는 관.
• **급창(及唱)** 군아에서 원의 명령을 받아 큰 소리로
  전달하는 일을 맡아보던 사내종.

벌 떼처럼 달려들어 김같이 검은 춘향의 머리채를 시정잡배 연실 감 듯 뱃사공이 닻줄 감듯 사월 초파일 등대 감듯 휘휘칭칭 감아쥐고 내동댕이쳐 엎어지니, 불쌍하다 춘향의 신세, 백옥같이 고운 몸이 여섯 육(六) 자 꼴로 엎어져 있구나.

좌우로 나졸들이 들어서서 온갖 곤장을 집고 소리친다.

"아뢰라, 형리 대령하라."

"예, 형리 대령이오."

사또가 얼마나 화가 났던지 벌벌 떨며 기가 막혀,

"허푸 허푸"

를 연발하며,

"여봐라, 더 물을 것도 없이 당장 형틀에 매고 정갱이를 부수고 물고장을 올려라."

춘향을 형틀에 붙잡아 매고는 집장 사령이 곤장을 한 아름 안아다 좌르륵 형틀 옆에 쏟았다. 그 소리에 춘향은 벌써 반쯤 정신이 나갔다. 집장 사령은 이놈 잡고 능청능청, 저놈 잡고 능청능청, 그중 등심 좋고 뻣뻣하고 잘 부러지는 놈을 골라잡고, 오른쪽 어깨를 벗어 매고 명령을 기다리고 섰다. 형리가 사또의 말을 받아 명령을 내렸다.

"사또 분부 들었느냐? 그년 사정을 봐준다고 거짓으로 때렸다가는 당장 네 목을 거둘 것이니 각별히 매우 쳐라."

집장 사령 여쭈되,

"사또 분부가 엄한데 무슨 사정을 두겠습니까? 이년, 다리를 꼼짝 마라. 만일 움직이다가는 뼈가 부러지리라."

이렇게 호통을 치면서 들어서서 하나요 둘이요 외치는 소리에 맞추어 집장 사령은 작은 소리로 말을 흘렸다.

"한두 개만 견디소. 어쩔 수가 없네. 요 다리는 요리 틀고 저 다리는 저리 트소."

"매우 치라는데 뭘 하느냐?"

"예잇, 때리오."

곤장을 딱 소리를 내며 붙이니 반은 부러져 푸르르 날아 공중에서 제비를 돌며 떨어졌다. 춘향은 아픈 데를 참느라고 이를 뽀드득뽀드득 갈고 고개를 빙빙 돌리면서,

"애고, 이게 웬일이요."

곤장, 태장 치는 데는 사령이 서서 하나둘 세지마는 형장부터는 법이 정한 매질이라 형리와 통인이 닭쌈하는 모양으로 마주 엎드려서 하나 치면 하나 긋고 둘 치면 둘 긋고, 무식하고 돈 없는 놈 술집 담벼락에 술값 긋듯이 그어 놓으니 '한 일(一)' 자가 되었구나. 춘향이 저절로 설움에 겨워 맞으면서 우는데,

● **연실** 연줄로 쓰는 실.
● **나졸(邏卒)** 포도청(捕盜廳)에 속하여 순찰과 죄인을 잡아들이는 일을 맡아 하던 하급 병졸.
● **물고장(物故狀)** 죄인 죽인 것을 보고하는 글.
● **집장 사령(執杖 使令)** 곤장 때리는 형벌을 집행하던 군졸.
● **태장(笞杖)** 볼기를 치는 데 쓰던 형구.

"일편단심 굳은 마음 일부종사 뜻이오니, 일개 형벌 일 년을 치신들 일각이나 변하리까."

이때 남원의 남녀노소들이 소문을 듣고 모여들어 그 광경을 구경하고 있었다. 좌우의 한량들이 한결같이 입을 모았다.

"모질구나, 참으로 모질어. 우리 고을 원님이 모질구나. 저런 형벌이 왜 있으며 저런 매질이 왜 있는가. 저 집장 사령놈 낯짝이나 잘 봐 두자. 관아 문밖으로 나오면 당장에 죽이리라."

보고 듣는 사람이야 누가 눈물을 흘리지 않으랴.

'딱' 소리를 내며 둘째 낱이 다리에 붙었다.

"불경이부 이내 마음 이 매 맞고 영 죽어도 이 도령은 못 잊겠소."

셋째 낱이 딱 붙으니,

"삼종지례 지중한 법 삼강오륜 알았으니 삼치형문 끝에 귀양을 갈지라도 삼청동 우리 낭군 이 도령은 못 잊겠소."

넷째 낱이 딱 붙으니,

"사대부 사또님은 사민공사 살피지 않고 위력공사 힘을 쓰니 사방팔방 남원 백성 원망함을 모르시오. 사지를 가른대도 사생동거 우리 낭군 사생 간에 못 잊겠소."

다섯째 낱이 딱 붙으니,

"오륜의 도리 그치지 않고 부부유별 오행으로 맺은 연분 올올이 찢어낸들 오매불망 우리 낭군 온전히 생각나네. 오동 추야 밝은 달은 임

계신 데 보련마는 오늘이나 편지 올
까 내일이나 기별 올까. 죄 없는
이내 몸이 모질게 죽을 일 없
으니 잘못 판결 마옵소서. 애고애고
내 신세야."

여섯째 낱이 딱 붙으니,

"육 육은 삼십육으로 낱낱이 고찰하여 육만 번 죽인대도 육천 마디
어린 사랑 맺힌 마음 변할 수 전혀 없소."

일곱째 낱이 딱 붙으니,

"칠거지악 범했소? 칠거지악 아니거든 칠개 형벌이 웬일이오. 칠척
검 드는 칼로 토막토막 잘라 내어 어서 바삐 죽여 주오. '치라.' 하는
저 양반아, 칠 때마다 살피지 마소. 칠보같이 고운 얼굴, 아이고 나
죽겠네."

* **일각(一刻)** 아주 짧은 시간.
* **불경이부(不更二夫)** 열녀는 두 남편을 섬기지 않는다는 뜻.
* **삼종지례(三從之禮)** 여자가 따라야 할 세 가지 도리. 어려서는 아버지를, 시집가서는 남편을, 남편이 죽은
  후에는 자식을 따라야 했다.
* **삼치형문(三致刑問)** 정강이를 형장으로 때리는 형문을 세 번이나 당했다는 뜻.
* **사민공사(四民公事)** 사농공상(士農工商)을 위한 공무.
* **위력공사(威力公事)** 권위적인 힘으로 강압적으로 하는 공적인 일.
* **사생동거(死生同居)** 죽으나 사나 함께하는 것.
* **오행(五行)** 동양 철학에서 만물을 생성하고 변화시키는 다섯 원소인 쇠, 나무, 물, 불, 흙을 이른다. 남녀
  사이의 연분도 이 다섯 요소의 상호 작용에 의해 이뤄진다는 뜻.
* **오매불망(寤寐不忘)** 자나 깨나 잊지 못한다는 뜻.
* **칠척검(七尺劍)** 일곱 자나 되는 긴 칼.

여덟째 낱이 딱 붙으니,

"팔자 좋은 춘향 몸이 팔
도 방백 수령 중에 제일 명관
만났구나. 팔도 방백 수령님네 백성 다
스리러 내려왔지 모진 형벌 주러 왔소?"

아홉째 낱이 딱 붙으니,

"구곡긴장 굽이 썩어 이내 눈물 구년지수 되겠구나. 깊은 산
큰 소나무 베어 전함을 만들어 타고 한양성 급히 가서 구중궁궐 임
금님 앞 구구한 사연을 아뢰고 구정뜰에 물러 나와 삼청동을 찾아가
서 굽이굽이 반가이 만나 우리 사랑 맺힌 마음 잠깐 사이 풀련마는."

열째 낱을 딱 붙이니,

"십생구사할지라도 팔십 년 정한 뜻 십만 번 죽인대도 가망 없고 할
수 없지. 십육 세 어린 춘향 매 맞고 죽어 원통하게 귀신 되니 가련하오."

열 대를 치고는 그만둘 줄 알았더니 열다섯째 낱을 딱 붙이니,

"십오야 밝은 달 뜬구름에 묻혀 있고, 서울 계신
우리 낭군 삼청동에 묻혔으니, 달아 달아 보느
냐? 임 계신 곳 나는 어찌 못 보느냐?"

스무 대를 치고는 그만둘 줄
알았더니 스물다섯째
낱을 딱 붙이니,

"'이십오현 거문고를
달밤에 타니 원망을 이기지

못하고 날아왔구나.' 저 기러기야 너 가는 곳 어디메냐? 가는 길에 한
양성 찾아 들러 삼청동 우리 임께 내 말 부디 전해 다오. 나의 형상 자
세히 보고 부디부디 잊지 말아라."

하늘마다 어린 마음을 옥황상제께 아뢰고 싶다. 옥 같은 춘향의 몸
에 솟는 것이 붉은 피요, 흐르는 것이 눈물이라. 피눈물이 한데 흘러
무릉도원에 복사꽃잎 떨어져 흐르는 물과 같구나.

춘향은 매를 더할수록 점점 독이 올라 포악해져 하는 말이,

"소녀를 이리 때리지 말고 차라리 능지처참해서 아주 박살 죽여 주
면 죽은 후에 원조라는 새가 되어 적막강산 달 밝은 밤 우리 도련님
잠든 후에 꿈이나 깨우리."

더 이상 말을 잇지 못하고 춘향이 기절하니 엎어졌던 형방, 통인이
고개를 들어 눈물을 씻고, 매질하던 사령도 눈물을 씻고 돌아서서,

"사람의 자식으로는 못할 짓이로다."

좌우에서 구경하던 사람들과 일을 하던 관속들이 눈물을 씻고 돌
아서며,

- **방백(方伯)** 도지사를 예스럽게 이르는 말.
- **구곡간장(九曲肝腸)** 굽이굽이 깊이 서린 마음속.
- **구년지수(九年之水)** 칠년대한(七年大旱)과 짝을 이뤄 쓰이는 말로 구 년 동안이나 계속되는 홍수라는 뜻.
- **구정뜰** 임금이 계신 대궐의 뜰을 이르던 말.
- **십생구사(十生九死)** 구사일생(九死一生)과 같은 말로 꼭 죽을 경우를 당했다가 살아남을 뜻한다.
- **이십오현~ 날아왔구나** 전기(錢起)의 시 〈귀안(歸雁)〉에서 인용했다.
- **원조(怨鳥)** 원통하게 죽은 사람의 귀신이 변해서 된 새.

"춘향의 매 맞는 거동, 사람의 자식으로는 못 보겠다. 모질도다 모질도다, 춘향의 정절이 참으로 모질도다. 하늘이 내린 열녀로다."

남녀노소 없이 눈물을 흘리며 돌아설 때 동헌 마루의 사또인들 좋을 리가 있으랴. 허나 사또의 위엄을 생각해서 한마디 더 했다.

"네 이년, 관아 마당에서 발악하며 맞으니 좋을 게 뭐냐? 앞으로 또 고을 수령을 거역하겠느냐?"

그때 반쯤 징신이 돌아온 춘향이 점점 더 포악해져 말내답을 한다.

"여보시오, 사또. 들으시오. 계집이 원한을 품으면 오뉴월에도 서리가 친다 했소. 내가 죽어 귀신 되어 떠다니다가 임금님 앞에 내 원한을 아뢰면 사또인들 무사할까. 소원이니 죽여 주시오."

춘향이 지지 않고 대드니 사또는 기가 막힌다.

"허허 그년, 뭔 말을 못할 년이로구나. 어서 큰칼 씌워 하옥하라."

• 큰칼 중죄인의 목에 씌우던 형구.
• 하옥(下獄) 죄인을 옥에 가두는 것.

기생의 수청은 불법?!

춘향이는 기생일까요, 아닐까요? 조선 시대에 '기생'이란 과연 어떤 존재였을까요?
조선 시대 기생의 의미와 그들이 하던 일은 지금과는 사뭇 달랐습니다. 시(詩), 서(書),
화(畵), 악(樂)에 능해 여성 특유의 문화를 꽃피울 수 있었던 기생과는 달리 남성의
성적 대상으로만 전락해 버린 요즘 화류계 여성들의 모습은 현대 산업 사회가 낳은
슬픈 그림자입니다. 해금, 거문고, 비파, 생황이 한 자리에 모여 기생에 대해 이야기를
나누고 있군요. 기생의 신분과 역할, 교육, 그리고 그들의 사회적 위치까지, 기생들을
곁에서 지켜보며 더없는 벗이 돼 주는 여러 악기의 이야기에 귀 기울이면서 '기생'이란
누구일까를 함께 생각해 봅시다.

해금 춘향이의 모습이 참으로 불쌍하고 원통해 보이는군요. 춘향이는
기생도 아닌데, 왜 저렇게 모진 고초를 당해야 하는 건지 모르겠습니다.

비파 춘향이가 참 딱하긴 하지요. 하지만 춘향이가 기생이 아니라고 딱
잘라 말할 순 없을 것 같아요. 춘향이가 온전한 기생으로 등장하는 판
본도 있고, 《열녀춘향수절가》에도 춘향이가 기생이 아니라는 확실한 언
급이 있는 건 아니니까요.

거문고 춘향이가 기생이냐 아니냐는 상대적인 차이일 뿐 명확히 규정지
을 수는 없습니다. 기생은 본디 천민으로 신분이 세습되는 존재라 한번
기생 장부에 오르면 천민 신분을 벗어날 수 없거든요. 기생과 양반 사이
에 태어난 경우라도 천자수모법(賤子隨母法)에 따라 아들은 노비, 딸은 기
생이 될 수밖에 없답니다. 춘향의 어머니 월매는 기생이지요. 기생은 공
동의 물건, 관아에 속해 있는 존재라는 뜻에서 관물, 혹은 공물로 여겨
집니다. 변학도가 기생들을 '점고' 하는 것도 사실 의례적인 행사입니다.
점고는 관아의 기생들이 모두 제 역할을 하고 있는지 철저하게 관리하기
위한 제도입니다.

생황 그렇지만 월매는 성 참판의 첩이 되었습니다. 그러니 대비정속(代婢定屬)하여 천민의 신분에서 벗어난 것으로 볼 수도 있지요. 대비정속은 불법이었지만 많은 양반이 기생을 자신의 첩으로 삼기 위해, 다른 여성을 기적 명단에 대신 채워 놓고 원하는 기생을 빼내 오곤 했습니다. 기생이 병들었을 때도 딸이나 조카딸을 대신 들여놓고 본인은 나오는 일이 있었지요.

거문고 어쨌든 춘향이가 여염집 처녀는 아니지요. 여염집 여자였다면 그렇게 쉽게 이 도령과 만나 사랑을 나눌 수는 없었을 테니까요. 문제는 춘향이가 기생이라 하더라도 변학도라는 놈이 저리해서는 안 되는 것 아닌가요? 이것저것 따지지 않고 생각해도 인간으로서 저럴 순 없는 거지요. 법적으로도 관리들의 기생 수탈은 금지되어 있습니다. 물론 지방 수령들에게 기생의 수청은 보편적이지요. 기생과 동침했다 하여 문책을 받은 관리는 어디에도 없어요. 기생의 수청은 합법은 아니지만 묵인된 관행인 것이지요.

퇴기로 보이는 기생의 모습. 〈연못가의 여인〉, 신윤복, 국립중앙박물관 소장.

〈기녀〉, 유운홍, 개인 소장.

비파 그리고 보면 천민인 데다가 한평생을 남정네의 노리갯감으로 살아야 하는 기생들은 기본적으로 서러운 여인네들인 것 같아요.

해금 천한 신분을 타고난 이들도 가엾지만 그렇지 않은 이들의 경우는 더 기가 막힙니다. 소설《추풍감별곡》에 나오는 이야기처럼 양반인 아버지의 빚을 갚기 위해 딸이 기생이 되는 사례도 있고, 반역자의 부녀자들이 기생이 되는 경우도 있으니까요.

생황 하지만 역설적으로 기생은 조선 사회에서 가장 자유로운 여성이 아닐까요? 양반가 여성들처럼 규범에 갇혀 살지 않아도 되고, 서민 여성들처럼 허리가 휘는 노동을 하지 않아도 되니까요. 양반 계층과 어울려야 하는 만큼 고급 교육을 받을 수 있다는 것

〈야연〉, 작자 미상, 국립중앙박물관 소장.

〈거문고 줄 고르기〉, 신윤복, 국립중앙박물관 소장.

도 기생만의 특권이지요. 자연히 시, 서, 화에 능한 기생들도 많이 있고요. 일반 여성과 달리 고급 교육을 받으며 사대부와 어울렸던 기생들은 우리 문학사에 중요한 자취를 남기고 있습니다. 후대까지 전해지는 조선 시대 시조 3천 수 가운데 여성이 지은 것은 90여 편, 그 가운데 대부분은 기생의 작품입니다. 기생의 시는 자신의 신분을 드러내기 때문에 사랑스러운 한편 비극적이지요. 눈부신 아름다움이 있고요. 기생은 어떤 여성보다 자유롭게 사랑을 하기도 하지요.

거문고 기생을 여악(女樂)이라고 부르는 데서도 알 수 있듯이 기생의 본래 역할은 궁중이나 관아의 연회에서 흥을 돋우는 것입니다. 서울의 기생은 '장악원'에서, 지방의 기생은 '교방'에서 각종 악기와 가무를 배우지요. 기생은 보통 열 살이 채 안 되어 관아에 들어가는데요, 어린 기생인 동기(童妓)들은 관아에서 잔심부름을 하며 각종 교육을 받다가 열여섯 살 정도부터 본격적인 기생 역할을 하게 됩니다.

해금 사대부와 당당히 풍류를 나누고 자유롭게 사랑하는 기생, 비록 음지에서이긴 하지만 그들로 인해 시, 서, 화를 비롯해 노래와 춤 등의 여성 문화가 꽃필 수 있는 것이 아닐까 합니다. 그럼 이제 처음 이야기로 돌아가 춘향이를 만나러 가 봅시다. 기생이냐 아니냐를 떠나 춘향이는 인간의 도리가 무엇인지, 진정한 사랑이 무엇인지를 잘 알고 있는 강인한 여인이라는 생각이 듭니다. 춘향이의 앞날이 어떻게 될지, 이 도령과의 사랑이 부디 아름다운 결실을 맺기를 바라고 또 바랍니다.

춘향, 감옥에 갇히다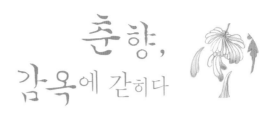

춘향이 붉은 도장 찍힌 종이로 봉인된 큰칼을 쓰고 옥사쟁이의 등에 업혀 삼문 밖으로 나오는데 기생들이 따라 나왔다.

"애고 서울집아, 정신 차려라. 애고 불쌍해라."

연신 혀를 차고 눈물을 흘리며 사지를 주무르고 맞은 자리에 약을 갈아 붙여 주었다. 그때 키 크고 속없는 낙춘이가 들어오며,

"얼씨구절씨구 좋을씨고, 우리 남원에도 열녀문감이 생겼구나!"

와락 달려들어,

"애고 서울집아, 불쌍해라."

이렇게 야단을 할 때 춘향모가 이 말 듣고 정신없이 들어오더니 춘향의 목을 안고,

"아이고, 이게 웬일이냐? 죄는 무슨 죄고 매는 무슨 매란 말이냐?

이방아, 사령들아, 대체 내 딸이 무슨 죄냐? 집장 사령들아, 무슨 원수가 맺혔길래 이 지경을 만들어 놓았더냐? 애고애고 내 일이야. 나이 칠십 늙은 것이 의지 없이 되었구나! 무남독녀 내 딸 춘향 규중에서 은근히 길러 내어 밤낮으로 책을 내놓고 내칙 편 공부를 일삼으며 날보고 하는 말이 '마오 마오 서러워 마오. 아들 없다 서러워 마오. 외손 제사 못 받으리까.' 어미에게 지극정성을 다하니 어느 효녀가 내 딸보다 더할 것인가. 자식 사랑하는 법이 상중하가 다를손가. 이내 마음둘 데 없네. 가슴에 불이 붙어 한숨이 연기로구나! 김 번수야, 이 번수야, 사또 명령이 아무리 지엄키로서니 이다지 세게 쳤더란 말이냐? 애고, 내 딸 다리 좀 보소. 눈 같고 얼음 같던 두 다리에 연지 같은 피꽃이 피었네. 명문 집안의 부녀자는 눈 먼 딸도 원하던데, 그런 집안에 못 태어나고 어쩌다 기생 월매 딸이 되어 이 꼴이 웬일이냐? 춘향아, 정신 차려라. 애고애고, 내 신세야."

춘향을 연신 쓰다듬다가 급히 향단을 불렀다.

"향단아, 어디 가서 걸음 빠른 심부름꾼 둘만 사 오너라. 서울에 급히 보내야겠다."

춘향이 그 말을 듣고,

• **옥사쟁이** 옥에 갇힌 사람들을 맡아 지키던 사람.
• **삼문(三門)** 대궐이나 관청 앞에 세우는 세 문.
• **서울집** 월매를 이르는 말이다.
• **내칙 편(內則篇)** 가정생활의 예법이 적혀 있는 《예기(禮記)》의 편 이름.
• **외손 제사** 외손자가 외조부모의 제사를 모시는 일. 외손 봉사라고도 한다.

"어머니, 그러지 마오. 심부름꾼의 소식을 도련님이 들으시고 엄한 부모 밑에서 어쩔 줄 몰라 하다가 마음에 병이라도 생기면 어쩌겠어요. 그런 말씀 마시고 그냥 옥으로 가십시다."

옥사쟁이의 등에 업혀 감옥으로 들어갈 때 향단이는 칼머리를 들고 춘향모는 뒤를 따라 옥문에 이르렀다.

"옥형방, 문 여시오. 옥형방도 잠들었나?"

옥에 들어가서 옥방의 형상을 보니 옥이란 것이 부서진 대나무 창문 틈새로는 바람이 살살 들어오고, 허물어진 벽 틈새로는 빈대 벼룩이 슬슬 기어들어 온몸을 침범하는 그런 곳이었다.

이때 춘향은 옥방에서 〈장탄가〉로 우는 것이었다.

이내 죄가 무슨 죈가. 나라 곡식을 도둑질한 것도 아닌데 엄한 형벌 무거운 매질이 무슨 일인가. 살인 죄인도 아닌데 목에는 칼, 발에는 족쇄가 웬일이며, 역적모의 인륜 배반도 아닌데 사지 결박 웬일이며, 간통죄도 아닌데 이 형벌이 웬일인가. 세 강의 물을 벼룻물 삼고 푸른 하늘을 종이 삼아 내 서러운 사연 글로 지어 옥황전에 올리고 싶소.

낭군 그리워 가슴 답답 불이 붙네. 한숨이 바람 되어 붙는 불을 더 붙이니 속절없이 나 죽겠네. 홀로 섰는 저 국화는 높은 절개 거룩하다. 눈 속 푸른 솔은 천고의 절개로구나. 푸른 솔은 나와 같고 누런 국화 낭군 같아, 뿌리나니 눈물이요 적시느니 한숨이라. 한숨은 바람 삼고 눈물은 가랑비 삼아, 바람이 가랑비를 몰아다가 불거니 뿌리거니 임의 잠을 깨웠으면. 견우직녀 두 별은 칠월 칠석 상봉할 때 은하수 막혔지만 때를 놓친 적은 없었는데, 우리 낭군 계신 곳엔 무슨 물이 막혔는

지 소식조차 못 듣는고. 살아 이리 그리느니 차
라리 죽어 빈산의 두견새 되어 달 밝은 밤 배
꽃 아래 슬피 울어 낭군 귀에나 들렸으면. 맑
은 강의 원앙이 되어 짝을 부르고 다니면서 다
정하고 유정함을 낭군께 보였으면. 봄날 나비가 되
어 향기로운 두 날개로 봄빛을 자랑하며 낭
군 옷에 붙었으면. 맑은 하늘에 밝은 달
이 되어 밤이 되면 솟아올라 환하고
밝은 빛을 임의 얼굴에 비췄으면. 이
내 간장 썩는 피로 임의 모습
그려 내어 방문 앞에 족자 삼
아 걸어 두고 들며 나며 보았
으면. 수절 정절에 절대 미인 참
혹하게 되었구나! 무늬 좋은 형산
백옥이 진흙 속에 묻힌 듯, 신선들의 향기로운
상산초가 잡풀 속에 섞인 듯, 오동 속에서 놀
던 봉황이 가시덤불 속에 깃들인 듯.

　　자고로 성현들은 죄 없어도 궂었으니 요·순·우·
탕 임금네도 걸, 주의 포악으로 옥에 갇혔다가 도
로 나와 성군이 되시고, 덕으로 백성을 다스리던 주
나라 문왕도 상나라 주왕의 해를 입어 옥에 갇혔다가

●**옥형방**(獄刑房) 죄인을 옥에 가두는 일을 맡아보던 구실아치.

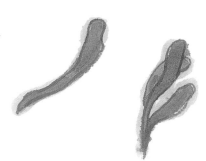

도로 나와 성군이 되었고, 영원한 성현 공자님도 양호의 얼굴을 닮아 광읍 들에 갇혔다가 도로 나와 큰 성인이 되셨으니, 이런 일로 보면 죄 없는 이내 몸도 살아나서 세상 구경 다시 할까? 답답하고 원통하다. 날 살릴 이 누가 있을까? 서울 계신 우리 낭군 벼슬길로 내려와 이렇게 죽 어 가는 내 목숨을 못 살릴까? 여름 구름은 기이한 봉우리도 많다더 니 산이 높아 못 오시는가, 금강산 상상봉이 평지가 되면 오시려는가, 병풍에 그려진 누런 닭 두 날개를 툭툭 치며 첫새벽 날 새라고 울면 오 시려는가? 애고애고 내 일이야.

대나무 창살 문을 여니 맑고 밝
은 달빛은 방 안으로 드는데, 어린 것이
홀로 앉아 달에게 묻는다.

"저 달아 너는 보느냐, 임 계신 곳. 네 밝은 기운 빌리자, 나도 임을
보게. 우리 임이 누웠더냐, 앉았더냐? 보는 대로만 내게 일러 나의 수
심 풀어 다오."

'애고애고' 슬피 울다가 홀연히 잠이 들었다. 춘향은 비몽사몽간에
나비가 장자 되고 장자가 나비 되어 가랑비같이 남은 혼백 바람인 듯
구름인 듯 한 곳에 이르니, 하늘과 땅이 광활하고 산수가 신령스레
아름다운데 은은한 대숲 사이로 단청을 입힌 누각이 나타났다. 대개
귀신이 다닐 때는 큰 바람이 일어나며 하늘로 솟구치거나 땅속으로
꺼지는 법인데 지금은 '베갯머리에서 잠깐 봄꿈을 꾸는 중에 강남 수
천 리를 다 갔구나.'

● **공자님도~갇혔다가** 노나라의 신하 양호(陽虎)가 광인(匡人)들에게 몹쓸 짓을 하여 원한을 산 일이 있었
는데, 어느 날 공자가 광인들의 들판을 거닐다가 양호로 오인받아 고초를 겪은 일이 있다.
● **베갯머리에서~갔구나** 잠삼(岑參)의 시 〈춘몽(春夢)〉을 인용했다.

문득 앞을 살펴보는데 금빛 나는 큰 글자로 '만고정렬황릉지묘'라는 현판이 있으니 심신이 황홀하여 그 앞을 배회하는 가운데 여자 셋이 다가왔다. 진나라 부자 석숭의 애첩 녹주가 등불을 들고, 진주 기생 논개와 평양 기생 월선이 함께 있었다. 그들은 춘향을 인도하여 누각 안으로 들어갔다. 집 안에는 흰옷을 입은 두 부인이 기다리고 있었다. 부인들이 춘향에게 의자에 앉으라고 청하자 춘향이 사양하며,

"인간 세상의 천한 것이 어떻게 황릉묘에 오르겠습니까?"

부인들은 사양하는 춘향을 더욱 기특히 여겨 여러 차례 청하니 더 이상 사양하지 못하고 자리에 앉았다.

"네가 바로 춘향이로구나. 참으로 기특하다. 지난번 옥황상제를 뵈러 올라갔다가 무성한 네 소문을 들었기로 간절히 보고 싶어 너를 청한 것이다."

춘향이 두 번 절하고 아뢰기를,

"첩이 비록 무식하나 옛 책에서 읽고, 죽은 후에나 존귀하신 두 분의 모습을 뵈올까 했는데, 이렇게 황릉묘에 올라 뵙게 되었으니 기쁘기 한이 없습니다."

상군 부인이 말씀하시되,

"우리 순임금 대순씨가 남쪽을 순행하다가 창오산에서 돌아가신 후 속절없는 이 두 사람이 소상강가 대숲에 피눈물을 뿌려 놓으니 가지마다 아롱다롱 잎마다 원한이라. '창오산이 무너지고 상수가 끊어져야 대나무 위의 눈물이 마르리라.' 가슴에 맺힌 깊은 한을 하소연할 곳이 없었는데 네 절개가 기특하여 너에게 말하노라. 송죽 같은 절개 이어

온 지 몇천 년이며 오현금으로 연주하던 순임금의 남풍시는 이제까지 전하더냐?"

이렇듯 말씀을 하실 때 어떤 부인이 나섰다.

"춘향아, 나는 진나라 달 밝은 음도성에서 옥퉁소 소리에 신선이 된 농옥이다. 소사의 아내로 태화산에서 이별한 후 용을 타고 날아가 버린 것이 한이 되어 옥퉁소로 원한을 풀 때 '곡이 끝나자 날아가 자취를 모르니, 산 아래 봄 맞은 벽도화만 절로 피어나는구나.'"

이런 말을 하는 사이 또 한 부인이 나섰다.

"나는 한나라 궁녀 왕소군이다. 오랑캐 땅으로 잘못 시집가 남은 것은 푸른 무덤뿐. 말 위에서 탄 비파 한 곡조에 '그림으로 알겠구나, 보드랍고 아리따운 모습. 장신구 소리만 혼이 되어 헛되이 달밤에 돌아왔구나.' 어찌 아니 원통하랴."

한참을 이럴 때 서늘한 바람이 일어나며 촛불이 벌렁벌렁하며 무엇

• **만고정렬황릉지묘(萬古貞烈黃陵之廟)** 옛 중국 순임금의 두 부인인 아황(娥皇)과 여영(女英)의 정절을 기리는 사당.

• **녹주(綠珠)** 중국 진(晉)나라의 부호 석숭(石崇)의 기생 첩. 석숭이 자신을 달라고 한 손수의 말을 거역해 죽임을 당하자 누대에서 뛰어내려 자살했다.

• **상군 부인(湘君夫人)** 순임금의 두 아내인 아황과 여영.

• **대순씨(大舜氏)** 중국의 전설상의 제왕으로 순임금과 동일인으로 보는 경우도 있다.

• **창오산이~마르리라** 이백의 시 〈원별리(遠別離)〉에서 인용했다.

• **오현금(五絃琴)** 다섯 줄로 된 고대 현악기의 하나. 중국의 순임금이 만들었다고 전한다.

• **농옥(弄玉)** 춘추시대 진 목공(秦穆公)의 딸. 피리를 잘 부는 소사(簫史)에게 시집가 피리를 배워, 봉황새를 오도록 한 뒤 부부가 그 봉황을 타고 하늘에 올라 신선이 되었다 한다.

• **곡이~피어나는구나** 당나라 시인 허혼(許渾)의 시 〈구산묘(緱山廟)〉에서 인용했다.

• **그림으로~돌아왔구나** 두보의 시 〈영회고적(詠懷古跡)〉에서 인용했다.

인가 촛불 앞으로 달려들거늘 춘향이 놀라 살펴보니 사람도 아니요 귀신도 아닌데 희미한 가운데 울음소리 낭자했다.

"여봐라, 춘향아. 너는 나를 모르리라. 내가 누군고 하니 한고조의 아내 척부인이로다. 우리 황제 돌아간 후 여후의 독한 솜씨 나의 손발을 끊고, 나의 두 귀에 불 지르고, 두 눈도 빼어 내고, 벙어리 되는 약을 먹여 칙간 속에 넣었으니 천추에 깊은 한을 어느 때나 풀어 보랴?"

이렇게 울 때 상군 부인이 말씀하시되,

"이곳이라 하는 데가 삶과 죽음이 갈리고, 가는 길도 또한 다르니 오래 머물지 못할지라."

하시고는 하직하니 동쪽의 귀뚜라미 소리는 시르렁, 한 쌍 나비는 펄펄, 춘향이 깜짝 놀라 깨니 꿈이었다. 놀라 깨는 중에 일순간 갑자기 창가의 앵두꽃이 떨어지고, 거울 한복판이 깨지고, 문 위에 허수아비가 달려가는 것이 보였다. 이상한 일이었다. 춘향은 혼자 중얼거렸다.

"나 죽을 꿈이로다."

수심 걱정 때문에 밤을 지새는데 기러기 울고 가니, 서강을 비추는 한 조각 달빛을 받으며 남쪽으로 날아가는 기러기 너 아니냐? 밤은 깊어 삼경이요 궂은비는 퍼붓는데 도깨비는 뻑뻑, 밤새 소리는 붓붓, 문풍지는 펄렁펄렁, 귀신이 우는데 난장 맞아 죽은 귀신, 형장 맞아 죽은 귀신, 대롱대롱 목매달아 죽은 귀신, 사방에서 울어 대니 귀신이 곡하는 소리가 낭자했다. 방 안이며 추녀 끝이며 마루 아래서도 '애고 애고' 귀신 소리가 나니 잠들 길이 전혀 없었다. 춘향이 처음에는 귀신 소리에 무섭고 정신이 없었으나 한참 지내고 나니 겁이 없어져 청승맞은 굿거리 소리로 알고 들었다.

"이 몹쓸 귀신들아, 나를 잡아가려거든 조르지나 말아라. 암급급여
율령사파쐐!"

주문을 외고 앉아 있을 때 옥 밖으로 봉사 한 사람이 지나가는데
서울 봉사 같으면,

"문수하오."

외치련마는 시골 봉사라

"문복하오."

하며 외치고 가니 춘향이 듣고는,

"어머니, 저 봉사 좀 불러 주세요."

춘향 어미가 봉사를 부르는데,

"여보, 저기 가는 봉사님."

불러 놓으니 봉사 대답하되,

"게 뉘기요, 게 뉘기요?"

"춘향 어미요."

"어찌 찾나?"

• **척부인**(戚夫人) 한고조의 총애를 받은 여인으로, 아들 여의가 조왕으로 책봉되기까지 했으나, 한고조가
　죽은 후 황후인 여후의 잔인한 보복을 받았다.
• **여후**(呂后) 중국 전한의 시조인 유방의 황후.
• **칙간** 화장실을 이르는 방언.
• **암급급여율령사파쐐** 귀신을 물리치는 주문의 맨 끝에 쓰는 말.
• **문수**(問數), **문복**(問卜) 점쟁이에게 길흉(吉凶)을 묻는 것.

"우리 춘향이가 옥중에서 봉사님을 잠깐 오시라고 하오."

봉사가 그 소리를 듣고 웃으면서,

"날 찾다니 의외로세. 가세."

봉사가 옥으로 갈 때 춘향 어미는 봉사의 지팡이를 잡고 길을 인도한다.

"봉사님, 이리 오시오. 이것은 돌다리요. 이것은 개천이요, 조심해 건니시오."

앞에 개천이 있어 뛰어 볼까 무한히 벼르다가 뛰는데, 봉사 뛴다는 것이 멀리 뛰지는 못하고 올라갈 만한 길이나 올라가는 것이었다. 멀리 뛴다는 것이 한가운데 가서 풍덩 빠졌는데 기어 나오려고 짚은 것이 개똥을 짚었다.

"아뿔싸, 이게 정녕 똥이제."

손을 들어 맡아 보니 묵은 쌀밥 먹고 썩은 놈이로구나. 봉사가 손을 뿌리친다는 것이 모난 돌에 부딪치니 어찌나 아프던지 입에다가 훌 쓸어 넣고 우는데 먼눈에서 눈물이 뚝뚝 떨어진다.

"애고애고 내 팔자야. 조그만 개천 하나 못 건너고 이 봉변을 당했으니 누구를 원망하고 누구를 탓하랴. 내 신세 생각하니 천지 만물을 보지 못하고 밤낮을 알지 못하는구나. 어찌 사계절을 짐작하며, 봄날이 도래한들 복사꽃 오얏꽃 피는 것을 내가 알겠으며, 가을날 찾아온들 누런 국화 단풍을 어찌 알며, 부모를 내 아느냐, 처자를 내 아느냐, 친구 벗님을 내 아느냐. 세상천지 일월성신과 두텁고 얇고 길고 짧음을 모르고 밤중같이 지내다가 이 지경이 되었구나. 참말로 이른바 '소

경이 그르냐 개천이 그르냐?' 소경이 그르지 처음부터 있던 개천이 그
르랴?"

애고애고 슬피 우니 춘향 어미가 위로한다.

"그만 우시오."

봉사를 목욕시켜 옥으로 들어가니 춘향이 반긴다.

"애고 봉사님, 어서 오오."

그런 중에도 봉사는 춘향이 뛰어난 미인이란 말을 들은 적이 있는지
라 반가워하며,

"음성을 들으니 춘향 각신가 보다."

"예, 그렇사옵니다."

"내가 벌써 와서 자네를 한번 봤어야 하는데 '가난한 사람이 일이
많다.'고 알아서 못 오고 청하여 왔으니 인사가 아닐세."

"그럴 리가 있소. 앞이 안 보이고 늙으셨는데 근력
은 어떠시오?"

"내 염려는 말게. 헌데 대체 나
를 어찌 청했나?"

"예, 다름이 아니라 간밤
에 흉한 꿈을 꾸었기에
해몽도 하고, 우리 서방님
이 언제나 나를 찾을까
길흉 여부 점을 치
려고 청했소."

"그렇게 하제."

봉사 점을 치는데,

"저 큰 점쟁이의 믿음직스러운 말을 빌어 존경의 뜻을 나타내며 비나이다. 하늘이 무슨 말을 하시며 땅이 무슨 말을 하시랴마는 두드리면 감응하시는 신께서는 영험하시므로 느끼어 통하게 하소서. 길흉을 알지 못하고 의심을 풀지 못하는 우리들에게 바라건대 신령께서는 바람을 들어주시어 그렇다 아니다 밝혀 주소서. 감응하시는 분, 복희·문왕·무왕·무공·주공·공자·오대(五大)성현·칠십이현(七十二賢)·안자·증자·자사·맹자·성문십철·공명선생·이순풍·소강절·정명도·정이천·주염계·주회암·엄군평·사마군·귀곡·손빈·소진·장의·왕보사·주원장, 여러 덕 있는 선생들은 밝게 살피시고 밝게 기억하옵소서. 마의도자·구천현녀·육정육갑 신장들이여, 연월일시 모든 별들이여, 괘를 펼치는 동자 신이여, 괘를 던지는 동자 신이여, 허공 중에도 감응이 있으리라. 제단 화로에 향을 피워 정성을 드리오니 원컨대 신령께서는 이 향내를 맡으시고 내려와 주소서. 전라 좌도 남원부 냇가에 사는 임자생 열녀 성춘향이 몇 월 몇 일에 감옥에서 풀려나며 서울 삼청동에 사는 이몽룡은 몇 월 몇 일에 남원에 도착하오리이까? 엎드려 바라옵건대 여러 신령께서는 신령스러움을 밝게 보여 주옵소서."

봉사가 산통을 철렁철렁 흔들었다.

"어디 보자. 일이삼사오륙칠, 허허 좋다. 좋은 점괘로구나. 칠간산 괘로구나. '물고기가 물에서 놀면서 그물을 피하니 작은 것이 쌓여 크게 이루어지리라.' 옛날 주나라 무왕이 벼슬할 때 이 괘를 얻어 금의환

향했으니 어찌 아니 좋을 것이냐. '천 리 멀어도 서로의 마음을 아나니 친한 사람을 만나리라.' 자네 서방님이 머지않아 내려와서 평생의 한을 풀겠네. 걱정 마소. 점괘가 참 좋거든."

춘향이 대답하기를,

"말대로 그렇게 되면 오죽 좋겠소. 간밤 꿈 해몽이나 좀 해 주오."

"어디 자세히 말을 해 보소."

"몸단장하던 거울이 깨져 보이고, 창 앞의 앵두꽃이 떨어져 보이고, 문 위에 허수아비가 매달려 보이고, 태산이 무너지고, 바닷물이 말라 보이니 내가 죽을 꿈이 아니오?"

봉사가 잠자코 생각하다가 한참 후에 말하기를,

"그 꿈 참 좋다. 꽃이 떨어지니 열매를 맺을 것이요, 거울이 깨어지니 소리가 없을 것이냐? 문 위에 허수아비가 매달렸으니 만인이 우러러볼 것이요, 바다가 마르니 용의 얼굴을 볼 것이요, 산이 무너지니 땅이 평지가 될 것이라. 좋다, 쌍가마 탈 꿈이로다. 걱정 마소. 멀지 않았네."

한참을 이렇게 말을 주고받고 있을 때 뜻밖에 까마귀가 옥의 담장 위에 앉더니 까옥까옥 울거늘 춘향이 손을 들어 '후여' 하고 날리며,

---

●**복희~주원장** 점괘의 신빙성을 높이기 위해 힘이 있다고 여겨지는 중국의 성인, 학자, 도사, 영웅 들을 나열하고 있다.

●**마의도자~신장** 도교의 여러 신.

●**동자 신** 아이 모습으로 강림하는 무속의 신.

●**칠간산괘(七艮山卦)** 점괘의 하나로 이몽룡이 잘 된다는 뜻이다.

"방정맞은 까마귀야, 나를 잡아가려거든 조르지나 말아라."

봉사가 이 말을 듣더니,

"가만, 가만있어 보오. 그 까마귀가 가옥가옥 울었제?"

"예, 그런데요?"

"좋다, 좋다. 가 자는 '아름다울 가(佳)' 자요. 옥 자는 '집 옥(屋)' 자라. 아름답고 즐겁고 좋은 일이 곧 돌아와서 평생에 맺힌 한을 풀 것이니 조금도 염려하지 마소. 내 복채는 아무리 많이 줘도 안 받을 것이니 두고 보고 귀하게 되었을 때 부디 날 괄시나 하지 마소. 난 돌아가네."

"예, 평안히 가시고 나중에 뵈옵지요."

봉사의 풀이를 듣고 춘향은 조금 마음이 놓였으나 그래도 긴 탄식과 수심 속에서 나날을 보냈다.

●복채(卜債) 점을 쳐 준 값으로 점쟁이에게 주는 돈.

이 도령, 전라도 어사가 되어 내려오다

이때 서울로 간 이 도령은 밤낮으로 《시경》,《서경》과 제자백가를 열심히 읽었으니 글로는 이태백이요, 글씨로는 왕희지였다. 그때 나라에 경사가 있어 태평과를 실시하니 이 도령도 서책을 품에 품고 과거장에 들어갔다. 좌우를 둘러보니 전국에서 모인 허다한 선비들이 줄지어 늘어서 일시에 임금께 절을 할 때 궁중 음악의 청아한 소리에 앵무새가 춤을 추었다.

드디어 대제학이 임금이 정한 과거 제목을 뽑아내니 도승지가 모셔다가 붉은 휘장 위에 걸어 놓았다. 제목은 '춘당대의 봄빛은 예나 지금이나 같다.'였다. 제목이 뚜렷이 걸렸는데 이 도령이 살펴보니 익히 보던 글귀였다. 종이를 펼쳐 놓고 풀이를 잠시 생각하다가 용 벼루에 먹을 갈아 족제비 꼬리털로 만든 붓에 담뿍 찍은 후 왕희지의 필법 조맹부의 필체로 단번에 완성해 제일 먼저 글을 바쳤다. 시험관들은 돌려 읽으며 글자 글자마다 중요하다고 점을 찍고, 구절구절마다 칭찬을 늘어놓았다. 용이 날아오르고 모래밭에 기러기가 날아 앉는 것 같으니 이 시대의 큰 인물이라. 임금이 불러 술을 세 잔 권하고 장원 급제자의 답안을 시험장에 내걸었다. 임금께 장원 급제 인사를 마치고 물러 나올 때 머리에는 어사화요 몸에는 앵삼이요 허리에는 학대로다.

절차대로 사흘 동안 서울 장안을 돌며 시끌벅적하게 잔치를 벌였다. 잔치가 끝나고 조상 산소에 찾아가 제사를 지낸 후 다시 나아가 전하께 절을 올리니 전하께서 친히 불러 보시고는,

"경의 재주가 조정의 으뜸이로다. 전라도 암행어사를 맡길 터이니 관리들의 잘잘못을 철저히 살피고 오라."

이야말로 이 도령이 기다리던 평생의 소원이었다. 이몽룡은 임금으로부터 암행어사임을 표시하는 비단옷과 마패, 그리고 유척을 받았다. 철관을 쓰고 궁을 나서는 이몽룡의 풍채는 깊은 산골의 호랑이처럼 당당했다.

부모님께 인사드리고 전라도 길을 나선다. 남대문 밖으로 나가 서리·중방·역졸 들을 거느리고 청파역에서 말을 잡아타고 칠패·팔패·배다리 얼른 넘어, 밥전거리 지나 동작동을 얼풋 건너 남태령을 바삐 넘어 과천읍에서 점심을 먹고, 사근내·미륵당이 지나 수원에서 묵었다. 다음 날은 대황교 건너 떡전거리·진개울·중미 지나 진위읍에서 점심 먹고, 칠원·소사·애고다리 지나 성환역에 숙소를 잡았다. 또 다음 날은 상유천·하유천·새술막 지나 천안읍에서 점심 먹고, 삼거리·

도리티 지나 김계역에서 말을 갈아타고, 신구덕평을 얼른 지나 원터에 숙소를 잡았다. 다음 날은 팔풍정·화란·광정·모란·공주 지나 금강을 건너 금영에서 점심 먹고, 높은 행길 소개문 지나 어미널티 넘어 경천에서 묵었다. 다음 날 뇌성·풋개·사다리·은진 까치당이·황화정 지나 장애미고개 넘어 여산읍에 숙소를 잡았다.

이튿날 서리와 중방을 불러 분부하기를,

"여기는 전라도 첫 읍인 여산이다. 막중한 나랏일을 거행할 때 분명히 하지 않으면 죽음을 면치 못하리라."

추상같이 호령하며 서리 등을 불러 분부를 내린다.

● **제자백가**(諸子百家) 유가, 도가, 묵가 등 춘추 전국 시대의 여러 학파.

● **태평과**(太平科) 국가에 경사스러운 일이 있을 때 보던 과거 시험.

● **대제학**(大提學) 조선 시대 홍문관과 예문관의 으뜸 벼슬.

● **도승지**(都承旨) 조선 시대 승정원의 으뜸 벼슬. 왕명을 전달하거나 신하들이 왕에게 올리는 글을 상달하는 일을 맡아보았다.

● **춘당대**(春塘臺) 창경궁에 있던 누대로 옛날에 과거를 보던 곳. 이몽룡이 앉아 있는 바로 그곳.

● **조맹부**(趙孟頫) 중국 원나라의 화가이자 서예가로, 서화와 시문에 뛰어났다.

● **어사화**(御賜花) 조선 시대에 문무과에 급제한 사람에게 임금이 하사하던 종이꽃.

● **앵삼**(鶯衫) 앵무새를 수놓은 누런 예복.

● **학대**(鶴帶) 학을 수놓은 허리띠.

● **절차대로~벌였다** 이 잔치를 유가(遊街)라고 하는데 머리에 어사화를 꽂은 차림으로 광대를 거느리고 풍악을 울리며 요란하게 거리를 누비며 집안 어른이나 친척, 선배 들을 찾아보던 행사로 오늘날의 카퍼레이드와 비슷하다.

● **마패**(馬牌) 벼슬아치가 공무로 지방에 나갈 때 역마를 징발하는 증표로 쓰던 둥근 구리 패.

● **유척**(鍮尺) 놋쇠로 만든 표준 자.

● **철관**(鐵冠) 암행어사가 쓰던, 쇠로 살을 댄 관.

● **금영**(錦營) 충청도 감영(監營).

● **추상같이** 호령 따위가 위엄이 있고 서슬이 푸르게.

"너는 전라 좌도로 들어가 진산·금산·무주·용담·진안·장수·운봉·구례 이 여덟 읍을 살피고 아무 날 남원읍으로 대령하고, 중방, 역졸 너희들은 용안·함열·임피·옥구·김제·만경·고부·부안·흥덕·고창·장성·영광·무안·함평을 살피고 아무 날 남원읍으로 대령하고, 종사 너희들은 익산·금구·태인·정읍·순창·옥과·광주·나주·창평·담양·동복·화순·강진·영암·장흥·보성·낙안·순천·곡성을 살피고 아무 날 남원으로 대령하라."

부하들을 따로따로 나누어 보낸 후에 어사또 행장을 차리는데, 뭇 사람들을 속이려고 모자 없는 헌 갓에 실로 얽은 줄을 칭칭 매어 질 낮은 천으로 갓끈을 달아 쓰고, 뒤만 남은 헌 망건에 갑풀 관자를 노끈 당줄에 달아 쓰고, 의뭉하게 헌 도포에 허리에는 무명실 띠를 질끈 동여매고, 다 찢어져 살만 남은 헌 부채에 솔방울 추를 장식으로 달아 햇빛을 가리고 내려온다. 통새암 지나 삼례에서 묵고, 한내·주엽쟁이·가리내·싱금정을 구경하고, 숲정이·공북루·서문 얼른 지나 남문에 올라가 사방을 둘러보니 서호가 있는 중국 강남 땅이 여기인 듯했다. 기린봉에 솟은 달, 한벽당에 낀 안개, 남고사의 늦은 종소리, 건지산의 보름달, 다가동의 활 쏘는 과녁, 덕진 연못의 연밥 따기, 비비정에 내려앉는 기러기, 위봉산의 폭포, 완산 팔경 다 구경하고 차차로 암

● **종사(從事)** 조선 시대 무반 잡직의 종팔품 벼슬.
● **관자(貫子)** 망건에 달아 당줄을 꿰는 작은 단추 모양의 고리.
● **당줄** 망건에 달아 상투에 동여매는 줄.

행하여 내려올 때, 각 읍 수령들이 암행어사가 떴다는 말을
듣고 민정을 가다듬고 이전에 처리했던 공무를 염려하니 하
인인들 편할 리 없었다. 이방·호장은 혼을 잃고, 공무 회계
를 담당하는 형방·서기는 여차하면 도망치려고 신발을 신
고, 허다한 각 청의 아전들은 넋을 잃고 분주했다.

　　이때 어사또는 임실 구화뜰 근처에 도착했다. 마침
농사철이라 농부들은 태평세월을 노래하는 〈농부가〉
를 부르며 야단이었다.

어여로 상사뒤요
천 리 천지 태평할 때 도덕 높은 우리 성군
강구연월 동요 듣던 요임금의 성덕이다
어여로 상사뒤요
순임금 높은 성덕으로 내신 그릇 역산에서 밭을 갈고
어여로 상사뒤요
신농씨 내신 따비 천추만대 유전하니 어찌 아니 높으던가
어여로 상사뒤요

하우씨 어진 임금 구 년 홍수 다스리고

어여로 상사뒤요

은왕 성탕 어진 임금 칠 년 가뭄 당하였네

어여로 상사뒤요

이 농사를 지어 내어 우리 성군께 세를 낸 후 남은 곡식 장만하여

부모 봉양 아니하며 처자식 부양 아니할까

어여로 상사뒤요

백 가지 풀을 심어 네 계절을 짐작하니 믿을 게 백초로다

어여로 상사뒤요

벼슬 공명 좋은 호강인들 이 팔자를 당할쏘냐

어여로 상사뒤요

남북 논밭 경작하여 배불리 먹어 보세

- **강구연월(康衢煙月)** 태평한 세상의 평화로운 풍경을 이르는 말.
- **신농씨(神農氏)** 중국 고대 전설상의 제왕으로, 농업, 의료, 악사(樂師)의 신.
- **따비** 풀뿌리를 뽑거나 밭을 가는 데 쓰는 농기구.
- **천추만대(千秋萬代)** 후손 만대에 이르기까지의 긴 시간을 이르는 말.
- **백초(百草)** 온갖 풀.

한참 이렇게 노래를 할 때 어사또 지팡이를 짚고 이만치 서서 〈농부가〉를 구경하다가 혼자 중얼거린다.

"저기는 대풍이로군."

또 한편을 바라보니 이상한 일이 있었다. 중씰한 노인들이 끼리끼리 모여 서서 등걸밭을 일구는데, 갈멍덕을 눌러 쓰고 쇠스랑을 손에 들고 〈백발가〉를 부르는 것이었다.

등장 가자 등장 가자

하늘님전으로 등장 갈 양이면 무슨 말을 하실는지

늙은이는 죽지 말고 젊은 사람 늙지 말게

하늘님전으로 등장 가자

원수로다 원수로다 백발이 원수로다

오는 백발 막으려고 오른손에 도끼 들고 왼손에 가시 들고

오는 백발 두드리며 가는 홍안 끌어당겨

푸른 실로 결박하여 단단히 졸라매되

가는 홍안 절로 가고 백발은 때때로 돌아와

귀밑에 주름 잡히고 검은 머리 백발 되니

아침에는 푸른 실 같더니 저녁에는 흰 눈과 같아라

무정한 게 세월이라

소년 시절의 즐거움이 깊은들

때때로 달려가니 이 아니 빠른 세월인가

천하에 좋은 말 잡아타고 서울의 큰길을 달리고 싶구나

만고강산 좋은 경치 다시 한번 보고지고

절대 미인 곁에 두고 온갖 교태에 놀고지고
꽃 피는 아침 달 뜨는 저녁 사철 좋은 경치를
눈 어둡고 귀먹어 볼 수 없고 들을 수 없으니
하릴없는 일이로세
슬프다 우리 벗님 어디로 가겠는고
구월 단풍잎 지듯이 차츰차츰 떨어지고
새벽하늘 별 지듯이 드문드문 스러진다
가는 길이 어디멘고 어여로 가래질이야
아마도 우리 인생 일장춘몽인가 하노라

한참 이렇게 노래할 때 한 농부가 썩 나서며,
"담배 먹세, 담배 먹세."
갈멍덕 숙여 쓰고 밭두렁으로 나오더니 곱돌 담뱃대 넌지시 들어
꽁무니 더듬더니 가죽 쌈지 빼어 들고 담배에 퉤퉤 세차게 침을 뱉어

- **대풍(大豐)** 대풍년, 농사가 아주 잘된 풍년을 말한다.
- **중씰하다** 중년이 넘은 듯하다.
- **둥걸밭** 잘라 낸 나무의 밑둥이 있는 밭.
- **갈멍덕** 멍덕은 바가지처럼 만들어 재래식 벌통을 덮는 뚜껑. 갈멍덕은 칡 섬유로 짠 거친 베로 만든 멍덕 비슷한 모자를 말한다.
- **둥장(等狀)** 여러 사람의 이름을 잇달아 써서 관청에 하소연하는 일.
- **홍안(紅顔)** 붉은 얼굴이라는 뜻으로, 젊어서 혈색이 좋은 얼굴을 이르는 말.
- **아침에는~같아라** 덧없이 늙어 가는 인생을 비유한 말. 이백의 〈장진주사(將進酒辭)〉의 한 구절.
- **곱돌** 기름 같은 광택이 있고 만지면 양초처럼 매끈매끈한 암석과 광물을 통틀어 이르는 말.

엄지손가락을 잦바듬하게 비빗비빗 단단히 넣어 짚불 뒤져놓고 화로에 푹 찔러서 담배를 먹는데, 농사꾼이라 하는 것이 담뱃대가 빡빡하니 쥐새끼 소리가 나겠다. 양 볼때기가 오목오목, 콧구멍이 발심발심, 연기가 홀홀 나게 피어 물고 나서니, 어사또 꼴은 한심해도 양반이라고 반말하기는 습관이 되었다.

"저 농부, 말 좀 물어보면 좋겠구만?"

"무슨 말?"

"이 고을 춘향이가 사또 수청 들면서 뇌물을 주는 대로 받아먹어 백성들에게 폐를 끼친다는 말이 옳은가?"

그 말을 듣고 농부는 당장 열을 낸다.

"거 어디 사나?"

"아무 데 살든지."

"아무 데 살든지라니? 거기는 눈 콩알이 없나 귀 콩알이 없나. 지금 춘향이는 사또 수청 아니 든다 하여 매를 맞고 감옥에 갇혔으니 기생 중에 그런 열녀가 드문지라. 옥 같은 춘향의 몸에 자네 같은 동냥아치가 더러운 말을 올렸다가는 빌어먹지도 못하고 굶어 뒈지리라. 서울 간 이 도령인지 삼 도령인지 그놈의 자식은 가 버리고는 소식 한 자 없으니 인간이 그래 가지고는 벼슬은커녕 내 좆만도 못하지."

"아니, 그게 무슨 말인가?"

"왜? 이 도령하고 어찌 되나?"

"되기야 어찌 되겠는가마는 남의 말에 말버릇이 너무 고약하군."

"자네가 철모르는 말을 하니 그렇지."

말대답을 그만두고 싶은 듯 돌아섰다.

"허허, 망신일세. 자, 농부네들 일이나 하세."

"예."

어사또는 하릴없이 인사를 하고 한 모퉁이를 돌아드니 웬 아이 하나가 나오는데 지팡이 막대기를 끌면서 시조 절반, 사설 절반 섞어 노래하듯 중얼거린다.

"오늘이 몇 일인가. 천 리 길 한양성을 며칠 걸어야 당도하랴. 강을 넘던 조자룡의 청총마가 있다면야 오늘이라도 가련마는, 불쌍하다 춘향이는 이 서방을 생각하여 옥중에 갇혀 목숨이 경각에 달렸으니 불쌍하다. 몹쓸 양반 이 서방은 한번 간 후 소식 한마디 없으니 양반의 도리가 그런 것인가?"

어사또가 그 말을 듣고는 아이를 부른다.

"애, 어디 사니?"

"남원읍에 살지요."

"어딜 가니?"

"서울 가지요."

"무슨 일로 가니?"

"춘향이 편지 갖고 이 도령 찾아가지요."

"애, 그 편지 좀 보자꾸나."

• **조자룡의 청총마** 《삼국지》에 나오는 장수 조자룡이 타던 갈기와 꼬리가 파르스름한 백마.

"그 양반, 철모르는 양반이네."

"그 무슨 소린고?"

"글쎄, 들어 보시오. 사내 편지도 보기 어렵거든 하물며 어찌 남의 내간을 보잔단 말이오?"

"얘, 들어 봐라. '행인임발우개봉'이라는 말도 있느니라. 좀 본다고 어떻게 되겠느냐?"

"그 양반, 몰골은 흉악하구만 문자 속은 기특하오. 얼른 보고 주시오."

"이 자식, 말버릇 좀 보게."

어사또 편지를 받아 얼른 떼어 보니 사연이 이랬다.

한번 이별한 후 오래도록 소식이 없으니 도련님께서는 부모님을 모시고 잘 지내시는지요? 천첩 춘향은 형장의 주릿대 위에서 곤장을 얻어맞고 목숨이 위태위태하옵니다. 죽을 지경에 이르러 혼이 황릉묘로 날아가고 저승문을 왔다 갔다 하니 첩의 몸이 비록 온갖 죽음 앞에 놓여 있으나 다만 열녀는 두 지아비를 섬기지 않을 뿐이옵니다. 첩의 생사와 늙은 어머니의 사정이 어느 지경에 처했는지 알 수 없사오니 서방님, 제 처지를 깊이 헤아려 주옵소서.

그리고 편지 끝에는 피로 쓴 시 한 수도 덧붙어 있었다.

임과의 설운 이별 작년 어느 때이던가
엊그제 눈 내리더니 어느새 또 가을이 왔네
바람 사나운 밤눈처럼 흩뿌려지는 눈물
어찌 나는 남원 옥중의 죄수가 되었던가

● 내간(內簡) 가족이나 가까운 사람에게 여자가 보내는 편지.
● 행인임발우개봉(行人臨發又開封) 길을 떠나려는 순간에 편지의 겉봉을 떼어 사연을 확인한다는 뜻으로 장적(張籍)의 〈추사(秋思)〉에서 인용했다.
● 천첩(賤妾) 여자, 특히 부인이 남편을 상대하여 자기를 낮추어 이르는 일인칭 대명사.
● 주릿대 주리를 트는 데에 쓰는 두 개의 긴 막대기.

모래밭에 내려앉는 기러기 격으로 그저 툭툭 찍은 것이 모두 다 '애
고'로구나. 편지를 보던 어사의 두 눈에 자기도 모르는 눈물이 듣거니
맺거니 방울방울 떨어지니 아이가 의아해 하며 묻는다.

"남의 편지를 보고 왜 우시오?"

"어따, 애야. 아무리 남의 편지라도 서러운 사연을 보니 저절로 눈물
이 나는구나."

"어보, 인정 있는 체하다가 눈물 흘려 남의 편지만 찢어졌소. 그 편
지 한 장 값이 열닷 냥이요. 편지 값이나 물어내오."

"여봐라, 애야. 이 도령은 나하고 죽마고우 절친한 친구다. 볼일이
있어 함께 내려오다가 잠깐 전주에 들렀는데 내일 남원에서 만나기로
했다. 나를 따라가 있다가 내일 그 양반을 뵈어라."

그러나 아이는 정색하며,

"서울을 저 건너로 아시오?"

하며 달려들었다.

"편지 내오."

편지를 달라느니 못 주느니 옷자락을 붙잡고 실랑이를 하다가 살펴
보니 명주로 된 전대를 허리에 둘렀는데 제사 그릇 접시 같은 것이 들
어 있다. 아이는 깜짝 놀라 물러섰다.

"아니, 그거 어디서 났소? 찬바람 나오."

"이놈, 만일 어디 가서 기밀을 누설했다간 목숨을 보전치 못하리라."

아이 입에 자갈을 물려 보내고는 남원으로 들어올 때 박석고개 올라서서 사방을 둘러보니 산도 예 보던 산이요 물도 예 보던 물이었다.

남문 밖까지 썩 내달아,

"광한루야 잘 있더냐, 오작교야 무사하냐?"

'객사에 푸르고 푸른 버들 빛이 새로운' 이곳은 나귀 매고 놀던 곳이요, 푸른 구름 맑은 시냇물은 발 씻던 청계수요, 푸른 나무 우거진 서울 가는 넓은 길은 왕래하던 옛길이로구나. 반가워 바삐 바삐 둘러본다. 그때 마침 오작교 다리 밑에서 동네 여인들이 계집아이들과 섞여 앉아 빨래를 하고 있었다.

"야, 야!"

"왜야?"

"애고애고 불쌍터라. 춘향이가 불쌍터라. 모질더라, 모질더라. 우리 고을 사또가 모질더라. 절개 높은 춘향이를 위력으로 겁탈하려 한들 철석같은 춘향이 마음 죽는 것을 헤아릴까? 무정터라, 무정터라. 이 도령이 무정터라."

저희끼리 떠들어 대며 추적추적 빨래하는 모양은 영양공주,

● 전대(纏帶) 헝겊으로 만들어 허리에 차거나 어깨에 매는 긴 자루.
● 객사에~새로운 왕유(王維)의 〈송원이사안서(送元二使安西)〉의 한 구절.
● 영양공주~가춘운 김만중의 소설 〈구운몽(九雲夢)〉에 양소유와 함께 나오는 팔 선녀.

난양공주, 진채봉, 계섬월, 백능파,
적경홍, 심회연, 가춘운도 같지만
은 양소유가 없으니 누구를 찾느
라 앉아 있는가?

어사또 누각에 올라가 자세
히 살펴보니 석양은 기울고
집을 찾는 새들은 숲에 드
는데, 저 건너편에 보이는
버드나무는 우리 춘향이
그네 매고 오락가락 놀던
모습이라 어제 본 듯 반
가웠다. 동쪽을 바라보
니 우거진 숲 깊은 곳에 춘
향 집이 저기로구나. 저 안의 동산은 예 보던 모습인데, 지금 우리 춘
향이는 돌벽 험한 감옥에서 울부짖고 있구나. 불쌍하고 가련하다.

해 저문 황혼 무렵 춘향 문전에 당도하니 행랑채는 무너지고 집의
몸채는 허술한데, 예 보던 벽오동은 수풀 속에 우뚝 서서 바람을 못
이겨 추레하게 서 있다. 담장 밑의 흰두루미는 함부로 다니다가 개한
테 물렸는지 깃털은 빠지고 다리는 징금 낄룩 뚜루룩 울음을 울고,
문 앞의 누런 개는 기운 없이 졸다가 아는 손님도 몰라보고 꽝꽝 짖고
내닫는다.

"요놈의 개야, 짖지 마라. 주인 같은 손님이다. 네 주인은 어디 가고

네가 나와 반기느냐?"

중문을 바라보니 내 손으로 쓴 글자가 '충성 충(忠)' 자 완연터니 '가운데 중(中)' 자는 어디 가고 '마음 심(心)' 자만 남아 있고, '와룡장' 글자와 '입춘대길' 글귀는 동남풍에 펄렁펄렁 이내 수심을 도와 낸다.

그럭저럭 들어가니 안채는 적막한데, 춘향모가 미음 솥에 불을 넣으며 탄식을 하고 있다.

"애고애고, 내 일이야. 모질도다 모질도다, 이 서방이 모질도다. 내 딸은 목숨이 위태로운데 소식조차 없으니 애고애고 설운지고. 향단아, 이리 와 불 좀 넣어라."

하고 나오더니 울 안 개울물에 흰머리 감아 빗고 정화수 한 동이를 단 아래 받쳐 놓고 땅에 엎드려 축원하기를,

"천신이여 지신이여 일월성신이여, 한마음이 되시옵소서. 다만 우리 외딸 춘향이를 금쪽같이 길러 내어 외손 봉사 바랐더니, 죄 없이 매를 맞고 옥중에 갇혀 살릴 길이 없사옵니다. 천신이여 지신이여 감동하사 한양성 이몽룡을 높이 올려 내 딸 춘향을 살려 주소서."

빌기를 마친 후,

"향단아, 담배 한 대 붙여 다오."

춘향모 담배를 받아 물고는 '후유' 하고 한숨을 쉬며 눈물을 지을 적에 먼발치에서 보던 이 어사는 혼잣말로,

---

*와룡장(臥龍莊) 본래 제갈공명의 산장 이름인데 이몽룡이 춘향 집에도 써 붙여 놓은 것.

"내가 조상 음덕으로 벼슬한 줄 알았더니 우리 장모 정성 덕이었구나."

하고 중얼거리며 안으로 들어선다.

"안에 누구 있나?"

"뉘시오?"

"날세."

"나라니 뉘신가?"

어사, 안으로 들어가며

"이 서방일세."

"이 서방이라니, 옳지 저 건너편 이풍헌 아들 이 서방인가? "

"어허 장모, 망령 났나. 나를 몰라, 나를?"

"자네가 뉘기여?"

"사위는 백년손님이라고 했는데 어찌 나를 모르는가?"

춘향모 반겨 하며,

"아이고, 이게 웬일인가. 어딜 갔다 이제 와? 바람이 크게 불더니 바람에 실려 왔는가, 구름이 솟아오르더니 구름에 싸여 왔는가, 춘향 소식 듣고 살리려고 와 계신가? 들어가세, 어서 들어가세."

이 어사의 손을 잡고 들어가서 촛불 앞에 앉혀 놓고 자세히 살펴보니 꼴이 거지 중에 상거지였다. 춘향모는 기가 막혔다.

"아니, 이게 웬일인가?"

"양반이 잘못되는 것은 말로 할 수가 없네. 그때 서울 올라가서 바로 우리 부친 벼슬이 떨어지고, 벼슬 지자 재산도 다 날렸네. 부친은

훈장질 가시고 모친은 친가로 가시고, 다 각기 흩어져서 나는 춘향 만나 돈이나 좀 얻어 갈까 해서 왔는데 여기도 말이 아닐세."

춘향모 이 말을 듣고는 더 기가 막힌다.

"이 무정한 사람아. 일차 이별 후 소식이 없어 좋은 소식을 학수고대하고 있었더니 자알 됐구먼. 이미 엎질러진 물이 되었으니 누구를 원망할까마는 이 사람아, 내 딸 춘향이는 어쩔라나?"

화가 치민 월매는 갑자기 달려들어 이몽룡의 코를 물어뜯으려고 했다.

"여보 장모, 내 탓이지 코 탓인가? 장모가 나를 몰라보네. 하늘이 무심해도 언젠가는 구름이 일어나고 천둥이 치지 않던가."

춘향모 기가 차서,

"양반이 그릇되매 말에 못된 조롱마저 들었구나."

이 어사는 짐짓 춘향모의 마음을 떠보려고 농을 하듯 한마디 던진다.

"시장해 죽겠네. 나 밥 한술 주소."

춘향모 밥 달라는 말을 듣고는,

"밥 없네."

어찌 밥이 없을까마는 홧김에 내뱉는 말이다. 이때 감옥에 갔다가 저희 아씨의 야단 소리에 가슴이 울렁울렁, 정신이 월렁월렁, 정처 없이 돌아오던 향단이 귀에 익은 이 도령의 목소리를 들었다. 어찌나 반 갑던지 우루룩 방 안으로 뛰어들어 인사를 올린다.

● 음덕(蔭德) 조상의 덕을 뜻한다.

"향단이 문안드립니다. 먼 길에 평안히 오시었어요?"

"오냐, 고생이 어떠하냐?"

"소녀는 무고하옵니다. 그런데 아씨 아씨 큰아씨, 마오 마오, 그리
마오. 멀고 먼 천 리 길을 누굴 보려고 오셨는데 이 괄시가 웬일이요.
애기씨가 아시면 지레 야단이 날 것이니 너무 괄시 마옵소서."

인사를 하다가, 월매를 말리다가, 향단이는 부엌으로 달려가 먹던
밥에 풋고추 절인 김치 넣고, 단간장에 냉수 가득 떠서 급히 상을 차
려 올렸다.

"더운 진지 할 동안 시장하실 테니 우선 요기나 하옵소서."

어사또 반겨 하며,

"오, 밥아, 너 본 지 오래로구나."

밥상에 달려들어 이것저것 한데 붓더니 숟가락은 건드리지도 않고
손으로 이리저리 뒤섞어 마파람에 게 눈 감추듯 먹어 치웠다. 춘향모
그 꼴을 보고는 비꼬듯이 한마디 던졌다.

"얼씨구, 밥 빌어먹는 데 이골이 났구나."

이때 옆에서 먹는 모습을 보고 있던 향단이는 또 저희 애기씨 신세
를 생각하여 크게 울지는 못하고 훌쩍거렸다.

"어찌할까나, 어찌할까나. 도덕 높은 우리 애기씨를 어찌하여 살리
시려오. 어쩔까나요, 어쩔까나요."

실성한 듯 우는 모습을 어사또 보시더니 기가 막혀 위로한다.

"여봐라, 향단아. 우지 마라, 우지 마라. 너의 아가씨가 설마 살지
죽겠느냐? 행실이 지극하면 사는 날이 있느니라."

춘향모 그 말을 듣더니,

"애고, 그래도 양반이라고 오기는 있어서……. 대체 자네 왜 그 모양인가?"

향단이 끼어들어 말하기를,

"우리 큰아씨 하는 말은 조금도 신경 쓰지 마옵소서. 나이 많아 노망한 가운데 이런 일을 당해 홧김에 하는 말이니 조금이라도 마음에 두실 것 없으세요. 어서 더운 진지 잡수세요."

어사또 다시 밥상을 받고 생각하니 화가 하늘까지 치밀어 마음이 울적하고 오장이 울렁울렁거려 도무지 저녁밥을 먹을 수가 없었다.

"향단아, 상 물려라."

하고는 담뱃대를 툭툭 털며,

"이보게, 장모. 춘향이나 좀 봐야지."

"그리하소. 서방님이 춘향이를 안 봐서야 어디 사람이라 하겠소."

향단이 한마디 거든다.

"지금은 문을 닫았을 테니 쇠북 울려 통금이나 풀리면 가세요."

그때 마침 통행금지가 풀리는 쇠북 소리가 뎅뎅 들려왔다. 향단이는 미음상을 머리에 이고 등불을 들고, 어사또는 뒤를 따라 옥 문간에 이르니 인기척이 전혀 없고 지키던 옥사정도 보이지 않았다.

이때 춘향이는 비몽사몽간에 서방님이 오셨는데 머리에는 금관을 쓰고 몸에는 붉은 비단옷을 입었다. 반가운 마음에 와락 목을 끌어안고 온갖 정회를 풀며 눈물로 서방님의 옷자락을 적시고 있는 중이었다.

"춘향아!"

하고 부른들 대답이 있을쏘냐. 어사또 하는 말이,

"크게 한번 불러 보소."

"모르는 말씀이오. 여기서 동헌이 어딘데 소리를 크게 냈다가 사또가 깨면 곤란하니 잠깐 기다리시오."

"뭐 어때, 사또가 어떻다고? 내가 불러 볼 테니 가만있소. 춘향아!"

큰 소리에 깜짝 놀라 춘향이가 몸을 일으키며,

"허허, 이 목소리가 잠결인가, 꿈결인가? 그 목소리 괴이하다."

멍하니 앉았으니 어사또 기가 막혀,

"내가 왔다고 말 좀 하소."

"갑자기 그런 말을 했다가는 기절할 테니 좀 가만히 계시오."

장모 사위가 실랑이를 벌이는 사이 춘향이 저희 모친의 음성을 듣고는 깜짝 놀란다.

"아니, 어머니, 어찌 오셨소? 몹쓸 딸자식 때문에 이리 다니시다가는 몸 상하기 쉽소. 이후에는 다시 오지 마옵소서."

"내 염려는 말고 정신 차리거라. 왔다."

"오다니 누가 와요?"

"그냥 왔다."

"갑갑해 나 죽겠소. 일러 주오. 꿈속에서 임을 만나 온갖 정회를 풀었는데 혹시 서방님 기별 왔소? 언제 오신다는 소식 왔소? 벼슬 얻어

●**쇠북** '종(鐘)'의 옛말.
●**옥사정** 옥을 지키던 사람.

내려온단 공문이 왔소? 아이고 답답해라."

"네 서방인지 남방인지 거지 하나가 내려왔다."

"애고, 이게 웬 말인가. 서방님이 오시다니 꿈속에서 보던 임을 생시에 본단 말인가."

어디서 힘이 났는지 목에 채인 큰칼을 들고 무릎걸음으로 달려와 문틈으로 이몽룡의 손을 잡고는 숨이 막혀 한동안 말도 못하다가 겨우 정신을 차려,

"애고, 이게 누구시오? 아마도 꿈이로다. 그리워도 보지 못하는 임을 이리 쉽게 만날 수 있는가? 이제 죽어도 한이 없네. 어찌 그리 무정한가? 팔자가 기구한 우리 모녀 서방님을 이별한 후 자나 누우나 임

그리워 갈수록 한이 되었더니 내 신세 이리 되어 매에 감겨 죽게 되었
는데 날 살리려 오셨소?"

한참을 이렇게 혼자 반기다가 눈물을 씻고 나서 임의 형상을 자세
히 보니 어찌 아니 한심하랴.

"여보, 서방님, 내 몸 하나 죽는 것은 서럽지 않겠지만 서방님이 이
지경이니 웬일이오?"

"오냐, 춘향아, 서러워 마라. 사람 목숨이 하늘에 달렸는데 설마 네
가 죽겠느냐?"

춘향이 서럽고 답답하여 멍하니 앉았다가 저희 모친을 불러 하소연
을 한다.

"한양성 서방님을 칠 년 가뭄에 비 기다리듯 기다린들 나와 같이
기다렸으랴. 심은 나무가 꺾어지고 공든 탑이 무너졌네. 가련하다, 이
내 신세, 하릴없이 되었구나. 어머님, 나 죽은 후에라도 원이나 없게
해 주오. 나 입던 비단 장옷 봉황 장롱 안에 들었으니 그 옷 내어 팔
아다가 한산의 가는 모시로 바꾸어서 물색 곱게 서방님 도포 짓고, 흰
비단 긴 치마를 있는 대로 팔아다가 신발·갓·망건 사드리고, 은비녀·
밀화장도·옥가락지 함 속에 들었으니 그것도 팔아다가 속저고리·속바
지 허술치 않게 해 주오. 머지않아 죽을 년이 세간 두어 무엇할까? 용
장롱, 봉황 장롱 빼닫이를 되는 대로 팔아다가 특별히 상을 차려 좋
은 진지 대접해 주오. 나 죽은 후에라도 나 없다 마시고 날 본 듯 서방
님을 잘 섬기소서."

이번에는 도련님의 손을 쥐고 유언하듯 당부한다.

"서방님, 내 말 새겨들으시오. 내일이 사또 생일이라 술이 취해 망령이 나면 나를 불러 또 때릴 것인데, 맞은 다리에 장독이 났으니 수족인들 놀릴 수 있으랴. 이제 더 맞으면 살아날 가망이 전혀 없으니, 구름같이 헝클어지고 늘어진 머리 이렁저렁 걷어 얹고 이리 비틀 저리 비틀 올라가서 매 맞아 죽거들랑 삯꾼인 체 달려들어 둘러업고 우리 둘이 처음 만나 놀던 부용당의 적막하고 고요한 데 눕혀 놓고 서방님이 손수 나를 염습하되 내 혼백 위로하여 입은 옷은 벗기지 말고 양지쪽에 묻었다가 서방님이 나중에 귀하게 되어 벼슬에 오르시거든 잠시도 두지 말고 육진의 좋은 베로 다시 염습하여 조촐한 상여 위에 덩그렇게 실은 후에 북망산천 찾아갈 때, 앞 남산 뒤 남산 다 버리고 한양성으로 올려다가 서방님 선산 발치에 묻어 주고 비문에 새기기를 '수절원사춘향지묘'라고 여덟 자만 새겨 주오.

망부석이 아니 될까? 서산에 지는 해는 내일 다시 오련마는 불쌍한 춘향이는 한번 가면 어느 때나 다시 올까? 가슴에 맺힌 원한이나 풀어 주오. 애고애고 내 신세야, 불쌍한 울 어머니 나를 잃고 가산을 탕진하면 하릴없이 걸인 되어 이 집 저 집 구걸타가 언덕 밑에서 조속조속 졸다가 자진하여 죽게 되면 지리산 갈가마귀 두 날개를 떡 벌리고 두둥실 날아들어 '까옥까옥' 두 눈을 다 파먹은들 어느 자식 있어 '후여' 하고 날려 주리? 애고애고."

춘향이 또 서럽게 울자 어사또,

"울지 마라. 하늘이 무너져도 솟아날 구멍이 있느니라. 네가 나를 어찌 알고 이렇듯이 서러워하느냐?"

하고는 춘향과 작별하고 춘향 집으로 돌아왔다.

춘향은 어두침침한 한밤중에 서방님을 번개같이 얼른 보고는 옥방에 홀로 앉아 신세를 생각하니 입에서 탄식과 눈물이 절로 나왔다.

"하늘이 사람을 낼 때 후한 운명 박한 운명 따로 없다는데, 내 신세는 무슨 죄로 이팔청춘에 임 보내고 모진 목숨 아직 살아 이 형벌이 형장이 웬일인가. 옥중 고생 서너 달에 밤낮없이 임 오시기만 바랐더니, 이제는 임의 얼굴 보았으나 광채 없이 되었구나. 죽어 저승에 돌아간들 여러 신령 앞에 무슨 말로 자랑할꼬. 애고애고 내 신세야."

섧게 울다 절로 지쳐 반쯤이나 죽은 듯이 쓰러져 버렸다.

• **장독**(杖毒) 장형(杖刑)으로 매를 심하게 맞아 생긴 상처의 독.
• **염습**(殮襲) 죽은 사람의 몸을 씻긴 후 옷을 입히는 일.
• **북망산천**(北邙山川) 무덤이 많은 곳이나 사람이 죽어서 묻히는 곳을 이르는 말.
• **수절원사춘향지묘**(守節死春香之墓) '절개를 지키다 억울하게 죽은 춘향의 묘'라는 뜻.

내가 암행어사라고 절대 말 못해!

여러분은 암행어사에 대해 얼마나 알고 있나요? 암행어사는 조선 시대에 왕도 정치를 굳건히 하기 위해 채택한 감찰제도 중 하나입니다. 오늘날에도 국가 업무를 상시적으로 감찰하는 헌법 기관인 감사원이 있는데 이는 현대의 암행어사 제도라 할 수 있지요. 각 지역의 민심을 파악하고 부정한 관리를 벌하기 위해 파견한 암행어사는 조선 시대 민중에게 참으로 소중한 존재였습니다

조선 시대의 마패.

1792년 3월 1일

암행어사로 임명되다

승지의 부름을 받고 입궐하여 내시로부터 봉서(封書, 국왕이 직접 쓴 암행어사 임명장. 사찰할 지역, 수행할 임무 등이 적혀 있기 때문에 비밀 유지에 각별히 신경을 써야 했다.), 유척(鍮尺, 길이를 재는 자. 암행어사는 유척 두 개를 지녔는데 하나는 형구의 크기를 통일하여 형벌 남용을 방지하는 데 쓰였고, 다른 하나는 도량형을 통일해서 세금 징수를 고르게 하는 데 쓰였다.), 마패(馬牌, 공무 수행 중에 역마를 공식적으로 사용할 수 있는 증명서. 암행어사의 마패는 출두할 때 자신의 신분을 증명하는 신분증이자 권위의 상징이었다. 새겨진 말의 수에 따라 1~5마패까지 다섯 종이 있었다.)를 받았다. 봉투에 쓰인 대로 남대문 밖을 벗어난 뒤 밀실에서 몰래 봉서를 열었다. 봉서에는 황해도 암행어사로 임명한다는 하교와 함께 주요 감찰 사항들이 적혀 있었다. 암행어사의 임무가 처음은 아니지만 긴장을 떨쳐 버릴 수 없다. 책임이 무겁다. 행장을 차리고 곧바로 황해도로 향했다.

선배 어사 박문수를 생각하다

황해도 가는 길, 선배 어사 박문수를 떠올리며 길을 재촉한다. 1727년 영남 암행어사를 시작으로 여러 차례 암행을 나가 수많은 일화를 남긴 박 어사. 백성들은 지금까지도 암행어사 하면 모두 박문수를 제일로 여긴다. 어릴 때 아버님께 들은 이야기가 생각난다. 박 어사는 영조 임금의 사랑을 받았는데, 어느 날 대신들이 임금 앞에서 고개를 들고 말하는 박 어사를 꾸짖자 박 어사는 '임금과 신하가 마주 보고 이야기하면 거리감 없이 진심을 주고받을 수 있으며, 간신이나 고개를 숙이는 법'이라 답했다. 영조 임금은 고개를 끄덕이며 그 뒤부터 신하들은 고개를 쳐들고 말하라는 분부를 내렸다고 한다. 아버님은 이 이야기를 하면서 박문수의 강직함을 배우라고 하셨지. 내일이면 황해도. 아버님을 생각하고 또 어사 박문수를 생각한다.

황해도에 닿다

황해도로 온 지 얼마 되지 않았는데, 벌써 힘에 부친다. 내 나이 마흔에 가까우니 사실 암행어사로는 많은 나이이다. 임무를 수행하다 보면 하루에도 수백 리를 말을 타고 달려야 하고, 걸핏하면 걸식을 해야 한다. 동에 번쩍 서에 번쩍 하면서 여러 지역을 순회해야 하니 체력이 강해야 한다. 이뿐만 아니라 불의에 타협하지 않는 강개함이 있어야 하기 때문에 주로 젊은 관리를 암행어사로 뽑는다. 그런데 간혹 경험이 없는 젊은 관리가 지방 수령에게 휘둘리는 경우가 생겨 요즘은 나처럼 수령을 지낸 경험이 있는 사람 중에 뽑기도 한다. 수령들의 간교에 넘어가지 않는 것이야 마음먹기에 달렸지만 고된 일정에 힘이 드는 것은 어찌할 수가 없다.

박문수의 초상화.

1792년 3월 30일
간교한 수령을 만나면

넉넉지 않은 여비를 아끼려면 잠을 얻어 자야 하는데 오늘따라 아무도 문을 열어 주지 않는다. 고을 인심이 사나워서일 수도 있 겠지만, 암행어사가 가까이 와 있다는 정보를 들은 고을 수령이 미리 조처를 한 것인지도 모른다. 전에도 비슷한 일을 겪은 적이 있다. 일반 가정뿐 아니라 주막에서도 문을 걸어 잠근 채 열어 주지 않았는데, 알고 보니 그 고을 수령이 암행어사를 곤경에 빠 뜨린 후 이를 미끼로 회유하려는 꿍꿍이가 숨겨져 있었다. 그 수 령은 후에 엄히 다스렸다.

1792년 4월 15일
황해도에서 임무를 수행하다

봉산 군수 아무개의 악행이 멀리에서도 자자했다. 인근 마을 에서 저녁을 얻어먹고 쉬면서 집 주인에게 슬쩍 떠보았더니, 이웃 마을 주민인데도 대뜸 침을 뱉고 욕을 했다. 그의 악덕 이 어떠한지를 알 수 있었다. 4년간 재직하면서 단 하나의 선 정도 베풀지 않고 장부와 서류를 멋대로 조작해 자기 배를 불리는 데만 전념하고 있었다. 며칠 뒤 봉산에 닿자마자 느닷 없이 출두하여 창고를 봉쇄하고 군수의 직무를 정지시켰다.
관리라고 해도 사람마다 다르다. 해주 들머리 주막에서는 주 인에게 넌지시 고을 사정을 물었더니 군수에 대한 칭찬을 늘 어놓았다. 주막 손님들도 한결같이 칭찬을 아끼지 않았다. 백 성을 사랑하는 마음으로 백성의 편에서 행정을 펼치는 듯했 다. 그러나 고을 아전들에 대해서는 말들이 많았다. 아마도 마음이 유약하여 아랫사람들을 제대로 관리하지 못하고 있 는 듯했다. 이런 경우 아전들에 대한 응징이 필요하다. 이튿 날 해주 관아에 출두했다. 옥에 갇힌 죄인들을 일일이 문초 하고 서류들을 검토해 군수가 미처 처리하지 못한 사건들을 다시 다루었다.

1792년 5월 9일
암행을 마치다

두 달이 넘는 암행어사 임무를 마치고 돌아와 전하께 서계(書啓, 조선 시대에, 임금의 명령을 받은 벼슬아치가 일을 마치고 그 결과를 보고하기 위하여 만들던 문서)와 별단(別單, 임금에게 올리는 문서에 덧붙이던 자료나 인명부)을 제출했다. 여러 수령의 죄상을 낱낱이 보고하고, 선정을 베푼 자에 대한 언급도 잊지 않았다. 전하께서는 치밀한 암행과 보고에 대해 매우 흡족해 하시는 한편, 황해도의 민중이 탐관오리의 학정에 시달리고 있음을 마음 아파하셨다. 이런 암행어사의 활동이 온 나라의 부정부패를 다 막을 수는 없지만 미약한 힘이나마 백성에게는 도움이 되리라 생각한다. 힘겹고 또 험난한 일이지만, 그만큼 큰 보람을 느낄 수 있기에 암행어사의 임무가 다시 주어진다면 나는 주저 없이 또 먼 길을 떠날 것이다.

암행어사
출두하다

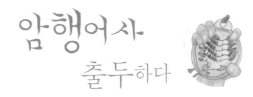

어사또 춘향 집에서 나와 그날 밤을 지새려고 문 안 문밖 여기저기 동정을 살필 때, 마침 질청에 가서 들어 보니 이방이 아랫사람을 불러 분부하는 말이,

"이보게, 들으니 요번에 새로 난 어사또가 서대문 밖 이씨라는데 아까 등불 들고 춘향모 앞세우고 해진 옷에 부서진 갓을 쓰고 가던 손님이 아무래도 수상하니 내일 본관 사또 잔치 끝에 아무 탈 없게 일체를 분별하고 십분 조심조심하게."

어사 그 말 듣고는,

'그놈들 알기는 아는구만.'

속으로 중얼거리며, 또 장청에 가서 들으니 행수 군관 하는 말이,

"여러 군관님네들, 아까 옥방을 다녀간 걸인이 실로 괴이하네. 아마

도 어사인 게 분명하니 용모 적은 기록을 내놓고 자세히들 보시오."

어사또 듣고는,

'그놈들 하나하나가 귀신이로구나.'

속으로 중얼거리며, 현사에 가서 들으니 호장 역시 그러했다. 육방의 염탐을 마친 후에 춘향 집에 돌아와서 그 밤을 지새웠다.

이튿날 날이 밝자 조회를 끝내고 이웃 읍의 수령들이 남원으로 몰려들었다. 운봉·구례·곡성·순창·진안·장수의 원님들이 아랫사람들을 거느리고 차례로 잔치 마당으로 들어왔다. 왼편에 행수 군관, 오른편에 명을 전하는 사령, 한가운데 본관 사또는 주인이 되어 하인 불러 분부하되,

"관청색 불러 다과상 올려라. 육고자 불러 큰 소 잡고, 예방 불러 악공 대령하라. 승발 불러 차일 대령하라. 사령 불러 잡인을 금하라."

이렇듯 요란한 가운데 깃발들이 휘날리고, 삼현 육각 음악 소리 공중에 떠 있고, 초록 저고리에 붉은 치마를 입은 기생들이 하얀 손을 높이 들어 춤을 춘다.

• **질청(秩廳)** 군아에서 구실아치가 일을 보던 곳.
• **장청(將廳)** 군아와 감영에 속한 장교가 근무하던 곳.
• **현사(縣司)** 관아의 물품 출납을 담당하는 곳.
• **관청색(官廳色)** 관청의 음식을 담당하는 아전.
• **육고자(肉庫子)** 관청의 고기를 담당하는 노비.
• **승발(承發)** 관청의 잡무를 담당하는 하인.
• **차일(遮日)** 햇볕을 가리기 위해 치는 포장.

"지화자, 두덩실, 좋다."

하는 소리에 어사또 마음이 심란하다. 화를 누르고 한번 놀려 줄 심산으로 어슬렁어슬렁 잔치판으로 걸어 들어갔다.

"여봐라, 사령들아. 너희 사또께 여쭈어라. 먼 데 있는 걸인이 마침 잔치를 만났으니 고기하고 술이나 좀 얻어먹자고 여쭈어라."

사령 하나가 뛰어나와 등을 밀쳐 낸다.

"어느 양반인데 이리 시끄럽소. 사또께서 거지는 들이지도 말라고 했으니 말도 내지 말고 나가시오."

운봉 수령이 그 거동을 지켜보다가 무슨 짐작이 있었는지 변 사또에게 청했다.

"저 걸인이 의관은 남루하나 양반의 후예인 듯하니 저 끝자리에 앉히고 술이나 한잔 먹여 보내는 것이 어떻겠소?"

"운봉 생각대로 하지요마는……."

마지못해 입맛을 다시며 허락을 한다. 어사또 속으로,

'오냐, 도적질은 내가 하마. 오랏줄은 네가 져라.'

되뇌이며 주먹을 꽉 쥐고 있는데 운봉 수령이 사령을 부른다.

"저 양반 드시라고 해라."

어사또 들어가 단정히 앉아 좌우를 살펴보니 마루 위의 모든 수령이 다과상을 앞에 놓고 진양조 느린 가락을 즐기는데, 어사또 상을 보니 어찌 아니 통분하랴. 귀퉁이가 떨어진 개다리소반에 닥나무 젓가락, 콩나물에 깍두기, 막걸리 한 사발이 놓였구나. 상을 발로 탁 차 던지며 운봉의 갈비를 슬쩍 집어 들고,

"갈비 한 대 먹읍시다."

"다리도 잡수시오."

하고 운봉이 하는 말이,

"이런 잔치에 풍류로만 놀아서는 맛이 적으니 운자를 따라 시 한 수 씩 지어 보면 어떻겠소?"

"그 말이 옳다."

다들 찬성을 했다. 운봉이 먼저 운을 낼 때 '높을 고(高)' 자, '기름 고(膏)' 자 두 자를 내놓고 차례로 운을 달아 시를 지었다. 앞사람이 끝 나면 뒷사람이 받아 시를 지을 때 어사또 끼어들어 하는 말이,

"이 걸인도 어려서 글을 좀 읽었는데, 좋은 잔치를 맞아 술과 안주 를 포식하고 그냥 가기가 염치가 아니니 한 수 하겠소이다."

운봉이 반갑게 듣고 붓과 벼루를 내주니, 백성들의 사정과 본관 사 또의 정체를 생각하여 시 한 편을 써 내려갔다.

금준미주는 천인혈이요

옥반가효는 만성고라

촉루낙시에 민루락이요

가성고처에 원성고라

- **오랏줄** 도둑이나 죄인을 묶을 때에 쓰던, 붉고 굵은 줄.
- **개다리소반** 상다리 모양이 개의 다리처럼 휜 막치 소반.
- **운자(韻字)** 한시의 운으로 다는 글자.
- **금준미주는~원성고라** 金樽美酒千人血, 玉盤佳肴萬姓膏, 燭淚落時民淚落, 歌聲高處怨聲高.

이 글의 뜻은,

금 술잔의 좋은 술은 수많은 사람의 피요
옥쟁반의 좋은 안주는 만백성의 기름이라
촛농이 떨어질 때 백성들 눈물도 떨어지고
노랫소리 높은 곳에 원망의 소리도 높구나

이렇게 시를 지어 보이니 술에 취한 변 사또는 무슨 뜻인지도 모르지만, 글을 받아 본 운봉은 속으로,

'아뿔싸! 일 났다.'

가슴이 철렁 내려앉았다.

이때 어사또 하직하고 간 연후에 운봉이 공형 불러 분부한다.

"야야, 일 났다!"

공방 불러 자리 단속, 병방 불러 역마 단속, 관청색 불러 다과상 단속, 옥사정 불러 죄인 단속, 집사 불러 형벌 기구 단속, 형방 불러 서류 단속, 사령 불러 숙직 단속, 한참 이렇게 요란할 때 눈치 없는 본관 사또, 운봉을 향해 말을 던진다.

"여보 운봉, 어딜 그리 바삐 다니시오."

"소피 보고 들어오오."

그때 술이 거나하게 취한 변 사또가 술주정을 하느라고 느닷없이 명을 내렸다.

"춘향이 빨리 불러 올려라."

이때 어사또가 서리에게 눈길을 주어 신호를 하니, 서리·중방이 역졸 불러 단속할 때, 이리 가며 수군, 저리 가며 수군수군 신호를 전한다. 서리·역졸의 거동을 보자. 한 가닥 올로 지은 망건에 두터운 비단 갓싸개, 새 패랭이 눌러쓰고, 석 자 길이 발감개에 새 짚신 신고, 속적삼·속바지 산뜻이 입고, 여섯 모 방망이에 사슴 가죽끈을 매달아 손목에 걸어 쥐고, 여기서 번뜻 저기서 번뜻, 남원읍이 웅성웅성거렸다.

　이때 청파역 역졸들이 달 같은 마패를 햇빛같이 번쩍 들고 우렁차게 소리를 질렀다.

　"암행어사 출두야!"

　역졸들이 일시에 외치는 소리에 강산이 무너지고 천지가 뒤집히는 듯하니 산천초목인들 금수인들 아니 떨겠는가. 한 번 소리가 나자 남문에서도,

　"출두야!"

　북문에서도,

　"출두야!"

● **공형**(公兄)　조선 시대 지방의 관찰사나 수령 아래 있던 육방 가운데 이방·호방·형방이 중심이 되었는데 그 우두머리를 삼공형이라고 한다.

● **암행어사 출두야**　어사출두(御使出頭). 암행어사가 중요한 사건을 처리하기 위해 지방 관청에 가서 사무를 보는 일.

동문에서도 서문에서도,

"출두야!"

소리가 맑은 하늘에 천둥 치듯 진동했다.

"공형 들라."

외치는 소리에 육방이 넋을 잃는다.

"공형이오."

서둘러 나오는데 등나무 채찍으로 따악 치니,

"애고, 죽네."

"공방, 공방!"

공방이 자리를 들고 들어오며,

"안 하려는 공방을 하라더니 저 불속에 어찌 들어가랴?"

등나무 채찍으로 따악 치니,

"애고, 박 터졌네."

좌수·별감은 넋을 잃고, 이방·호장은 혼을 잃고, 삼색 옷 입은 나졸들은 분주하네. 모든 수령이 도망하는데 그 꼴이 가관이다. 도장궤 잃고 유밀과 들고, 병부 잃고 송편 들고, 탕건 잃고 용수 쓰고, 갓 잃고 밥상 쓰고, 칼집 쥐고 오줌 누기, 부서지니 거문고요, 깨지나니 북·장고라.

본관 사또 똥을 싸고, 멍석 구멍에 새앙쥐 눈 뜨듯 하면서 관아 깊숙한 안채로 들어가며 급히 내뱉는 말이,

"어, 추워라. 문 들어온다 바람 닫아라. 물 마르다 목 들여라."

관청색은 상을 잃고 문짝을 이고 내달으니 서리, 역졸 달려들어 후

다닥 따악 친다.

"애고, 나 죽네."

이때 암행어사 분부하되,

"이 고을은 대감께서 계시던 곳이다. 소란을 금하고 객사로 옮기라."

관아를 한차례 정리하고 동헌에 올라앉은 후에,

"본관은 봉고파직하라."

"본관은 봉고파직이요."

동서남북 문밖에 봉고파직이라는 암행어사의 명이 나붙었다. 절차에 따라 옥의 형리를 불러 분부하되,

"옥에 갇힌 죄인들을 다 올리라."

호령하니 죄인을 올리거늘 다 각각 죄를 물은 후에 죄 없는 자들을 풀어 줄 때,

"저 계집은 무엇인고?"

형리가 아뢴다.

"기생 월매의 딸인데 관가에서 포악을 떤 죄로 옥중에 있사옵니다."

"무슨 죄인고?"

"본관 사또를 모시라고 불렀더니 절개를 지킨다면서 사또 명을 거역하고 사또 앞에서 악을 쓴 춘향이로소이다."

• 유밀과(油蜜菓) 밀가루나 쌀가루 반죽을 적당한 모양으로 빚어 바짝 말린 후에 기름에 튀기어 꿀이나 조청을 바르고 튀밥, 깨 따위를 입힌 과자.
• 용수 싸리나 대로 만들어 술 거를 때 쓰는 둥근 통처럼 생긴 기구.
• 봉고파직(封庫罷職) 관청의 창고를 잠그고 못된 짓을 한 사또를 파면시키는 일.

어사또 분부하되,

"너만 한 년이 수절한다고 나라의 관리를 욕보였으니 살기를 바랄
것이냐. 죽어 마땅할 것이나 기회를 한번 더 주마. 내 수청도 거역할
테냐?"

이 어사는 춘향의 마음을 떠보려고 짐짓 한번 다그쳐 보는 것인데,
춘향은 어이가 없고 기가 콱 막힌다.

"내려오는 시또미디 삐짐없이 명관이로구나! 이사또 들으시오. 층
층이 높은 절벽 높은 바위가 바람이 분들 무너지며, 푸른 솔 푸른 대
가 눈이 온들 변하리까. 그런 분부 마옵시고 어서 빨리 죽여 주오."
하면서 무슨 생각이 났는지 황급히 이리저리 두리번거리며 향단이를
찾는다.

"향단아, 서방님 혹시 어디 계신가 살펴보아라. 어젯밤 오셨을 때
천만당부했는데 어디를 가셨는지, 나 죽는 줄도 모르시는가? 어서 찾
아보아라."

어사또 다시 분부하되,

"얼굴을 들어 나를 보아라."
하시기에 춘향이 천천히 고개를 들어 대 위
를 살펴보니, 거지로 왔던 낭군이 어사또로
뚜렷이 앉아 있었다. 순간, 춘향은 깜짝 놀
라 눈을 질끈 감았다가 떴다.

"나를 알아보겠느냐? 네가 찾는 서방이 바로 여기 있느니라."

어사또는 즉시 춘향의 몸을 묶은 오라를 풀고 동헌 위로 모시라고 명을 내렸다. 몸이 풀린 춘향은 웃음 반 울음 반으로,

"얼씨구나 좋을씨고, 어사 낭군 좋을씨고. 남원읍에 가을 들어 낙엽처럼 질 줄 알았더니 객사에 봄이 들어 봄바람에 핀 오얏꽃이 날 살리네. 꿈이냐 생시냐? 꿈이 깰까 염려로다."

한참 이렇게 즐길 적에 뒤늦게 달려온 춘향모도 입이 찢어져라 빙글 벙글 웃으며 어깨춤을 추고, 구경 왔던 남원 고을 백성들도 얼씨구 덩실 춤을 추었다. 어사또는 춘향의 손을 잡고 놓을 줄을 모르고 쌓였던 사연의 실타래는 끝날 줄을 몰랐으니, 그 한없이 즐거운 일을 어찌 일일이 말로 하겠는가.

성춘향, 이몽룡과 백년해로하다

춘향의 높은 절개가 광채 있게 되었으니 어찌 아니 좋을 것인가. 어사
또 남원읍의 공사를 모두 처리하고 춘향 모녀와 향단이를 데리고 서
울로 길을 떠나는데, 위의가 찬란하니 세상 사람들 누가 칭찬하지 않
으랴.

이때 춘향이 남원을 하직할 때, 영화롭고 귀하게 되었건만 정든 고
향을 이별하려니 한편으로는 기쁘고 한편으로는 울적했다.

"놀고 자던 내 방 부용당아 부디 잘 있거라. 광한루 오작교야 잘 있
거라. 영주각도 잘 있거라. '봄풀들은 해마다 푸르건만 왕손은 가서
돌아오지 않는구나.'라더니 나를 두고 이름이라. 다 각기 이별할 제 만
수무강하옵소서. 다시 보기 아득해라."

이렇듯 마음속으로 빌며 작별을 고했다.

이때 어사또는 좌도, 우도 여러 읍을 순행하여 백성들의 사정을 살핀 후에 서울로 올라가 어전에 나아가 임금께 엎드려 절하니 판서, 참판, 참의들이 들어와 보고서들을 일일이 점검했다. 심사를 마친 후 임금께서 크게 칭찬을 했다. 신하들도 입을 모아 큰 공을 세웠다고 칭찬하면서 춘향의 이야기도 덧붙였다.

임금은 즉시 이몽룡에게 이조참의, 대사성이라는 벼슬을 내리고 춘향에게는 정렬부인 칭호를 내렸다. 이몽룡은 임금의 은혜에 감사하며 절을 하고 물러 나와 부모를 뵈오니 성은 입음을 축하해 주셨다.

그 후 이몽룡은 벼슬이 점점 높아져 이조판서, 호조판서, 우의정, 좌의정, 영의정을 다 지내고 벼슬에서 물러난 후에 정렬부인 성춘향과 더불어 백년해로했다. 이몽룡은 정렬부인에게서 세 아들과 세 딸을 두었는데, 자식들은 모두 총명하여 그 부친보다도 오히려 재주가 나은 점이 많더니 부친을 이어 계계승승 모두 일품의 벼슬자리를 만세토록 유전하더라.

● **위의**(威儀) 위엄이 있고 엄숙한 태도나 차림새.
● **봄풀들은~않는구나** 왕유의 시 〈산중송별(山中送別)〉에서 인용했다.
● **어전**(御殿) 임금이 있는 궁전을 이르던 말.
● **정렬부인**(貞烈夫人) 절개를 지킨 부인에게 나라에서 내리는 명예로운 호칭.

깊이 읽기
영원히 마르지 않는
고전의 샘

함께 읽기
춘향이 변학도의 수청을
받아들였다면?

깊이 읽기
영원히 마르지 않는 고전의 샘

● 한국인이 가장 좋아하는 이야기

《춘향전》은 한국인이 가장 좋아하는 사랑 이야기입니다. 유럽에 로미오와 줄리엣이 있고, 중국에 양산백과 축영대가 있다면 한국에는 성춘향과 이몽룡이 있다고 자부할 만하지요. 한국인이 《춘향전》을 좋아한다는 것은, 춘향의 이야기가 그 이본(異本)만도 100종 이상에 이를 뿐 아니라 소설, 창극, 오페라, 무용, 드라마, 만화, 영화 등 다양한 장르로 끊임없이 재창작되고 있는 것만 봐도 알 수 있습니다.

《춘향전》은 독자나 관객 들에게, 또는 연출자나 작가 들에게 계속해서 무언가 이야기를 하고 싶게 하거나 듣고 싶게 하는 강한 매력이 있습니다. 임권택 감독의 영화 〈춘향뎐〉(2000)은 판소리를 그대로 영화에 담는 특이한 방식으로 《춘향전》을 그려 내기도 했지요. 이렇듯 춘향의 사랑은 우리에게 영원히 마르지 않는 샘과 같은 이야기입니다. 내용이야 거기서 거기라 해도 사람들은 이번에는 누가 춘향 역을 맡을지, 어떤 모습으로 그려질지 하는 궁금증으로 또다시 춘향이 이야기를 보고 들으려 합니다.

그렇다면 왜 우리는 그토록 《춘향전》과 '춘향'을 좋아하는 것일까요? 이런 물음에 답을 하려면 먼저 《춘향전》을 읽어야 합니다. 그러나 금방 이런 생각이 들겠지요. 다 아는 이야기를 왜 다시 읽어야 하는가? 맞는 말입니다. '남원의 퇴기 월매의 딸 춘향이 단옷날 그네 타러 갔다가 마침 광한루에 놀러 나온 남원 부사의 아들 이몽룡의 눈에 들어 백년가약을 맺게 되지만 뜻하지 않은 이별을 맞게 되고, 뒤에 남은 춘향은 새로 온 부사 변학도의 수청을 거부하다가 모진 고문을 받아 죽을 지경에 이르게 되는데, 마침 장원 급제를 하고 전라도 암행어사로 내려온 이몽룡에게 구출되어 이몽룡과 결혼하고 정렬부인의 칭호까지 얻게 된다.'라고 한 문장으로 정리될 수 있는 지극히 단순한 《춘향전》의 줄거리를 모르는 사람은 드물 것입니다. 그리고 생각을 좀 더 해 본 사람이라면, 주인공이 고난을 극복하고 마침내 목적한 바를 성취한다는 지극히 상투적인 이 이야기 속에서, 마침내 기생의 신분을 벗어나는 춘향의 신분 상승, 악인 변학도가 응징을 당하는 권선징악의 쾌감, 춘향의 일편단심을 불러일으킨 사랑의 위대한 힘을 발견하는 것도 어렵지 않습니다. 그러나 이것이 《춘향전》의 전부는 아닐 것입니다. 《춘향전》에는 우리가 모르는 비밀이 많기 때문이지요. 그 비밀을 알아내려면 《춘향전》을 꼼꼼히 읽어야 합니다. 이 '읽기' 속에서 우리가 《춘향전》을 좋아하는 이유도 찾아낼 수 있을 것입니다.

● 잘 알지만 잘 모르는 이야기 속으로

《춘향전》을 읽다 보면 우리는 아주 낯선 경험을 하게 됩니다. 줄거리를 통해 알고 있는 《춘향전》과 상당히 다른 부분을 만나기 때문이지요.

먼저 눈에 띄는 것은 이런 부분입니다. 춘향과 이 도령이 만나 첫날밤을 치르는 대목에서 먼저 술 한잔을 나누려고 향단이 술상을 들여오는데, 느닷없이 소설은 술상의 차림새를 자세히 설명합니다.

> 큰 양푼에 소갈비 찜, 작은 양푼에 돼지고기 찜, 펄펄 뛰는 숭어찜, 포드득 나는 메추리 탕에 동래 울산의 큰 전복을 대모 장도 드는 칼로 맹상군의 눈썹처럼 어슷어슷 오려 놓고, 염통산적 양 볶기와 껑껑 우는 봄 꿩의 다리 적벽 대접에 담아 놓고, 분원 그릇에는 냉면조차 비벼 놓고, 생밤 삶은 밤에……

이런 식이죠. 한시라도 빨리 춘향의 손목이라도 잡고 싶어 넋이 나간 이 도령의 눈에 술상의 차림새가 눈에 들어올 리 만무한데도 비디오카메라로 상차림을 찍듯이 장면을 묘사하고 있습니다. 우리의 《춘향전》 읽기를 지루하게 만드는 주범이 바로 이런 대목이 아닐까 생각될 정도입니다. 이런 양상은 춘향과 이몽룡의 합방 장면에서도 마찬가지이지요. 청춘남녀가 안고 뒹구는 그 다급한 순간에 "사랑 사랑 내 사랑이야, 동정호 칠백 리 달빛 아래 무산같이 높은 사랑" 하면서 〈사랑가〉를 길게 부르고, '정' 자 타령 '궁' 자 타령을 불러 댑니다. 이렇게 별로 중요하지 않은 장면을 세밀하게 묘사하는 경향과 이야기가 진지하게 진행되는 사이에 노래(소리)가 끼어드는 것은 《춘향전》 전편을 통해 계속됩니다.

《춘향전》은 왜 이런 모습을 하게 되었을까요? 춘향전이 판소리 〈춘향가〉를 옮겨 놓은 판소리계 소설이란 데에서 그 실마리를 찾아봅시다. 잘 알다시피 판소리는 소리 광대의 노래인 창, 이야기(사설) 부분인 아니리, 몸짓인 발림으로 구성된 일인극입니다. 판소리는 광대 혼자서 이야기를 늘어놓다가 중간중간에 창을 섞어 좌중을 울리고 웃기는데, 바로 이런 연행(演行)의 양상이 그대로 문자로 정착되어 소설화되다 보니 소설 《춘향전》에도 그런 자취가 남아 있는 것입니다.

또 '더늠'이라고 해서 판소리 광대가 자신이 소리를 짜서 특별히 잘 부르는 대목이 있었습니다. 이런 더늠들이 계속 더 늘어 가니 이야기 전체 구조와는 별도로 여기저기 덧붙이고 기운 부분들이 많은 것이지요. 듣는 사람도 그렇습니다. 이야기만 듣고 있으면 일이 어떻게 진행될까 긴장만 하게 되겠지요? 그러니 감정이 고양되는 지점에 이르면 노래가 나와야 한숨 돌리고 이야기를 들을 수 있는 것입니다.

또 다른 낯선 부분이 있다면 《춘향전》의 '외설스러움'일 것입니다. 이 때문에 소설가 김주영은 《외설 춘향전》(1994)이라는 소설을 내놓기도 했습니다. 《춘향전》에서 외설의 시빗거리가 되는 부분은 바로 춘향과 이 도령이 만나서 노는 장면입니다.

저녁 햇살을 받은 삼각산 제일봉에 봉황이 앉아 춤을 추듯 두 팔을 구부정하게 들고 춘향의 섬섬옥수를 받들 듯이 겸쳐 잡고 옷을 공교하게 벗기다가 두 손을 썩 놓더니 춘향의 가는 허리를 담쏙 안고는 소리친다.
"치마를 벗어라."
하지만 처음 당하는 일이라 춘향이는 부끄러워 고개를 숙이고 몸을 비튼다. 푸른 물 위에 핀 붉은 연꽃이 미풍을 만나 굼닐거리듯, 이리 굼실 저리 굼실 동해 청룡이 굽이를 치듯 실랑이를 벌인다. 이 도령이 치마를 벗겨 던져 놓고 바지 속곳 벗기려고 무한히 애를 쓰는데,

"아이고 놓아요. 좀 놓으라니까요."

"에라, 안 될 말이구나."

실랑이를 하던 중에 옷고름을 발가락에 걸고서 기지개를 켜니 바지는 활딱 뒤집어지고 속곳은 스르르 발길 아래로 떨어졌다. 형산의 백옥덩이 같은 춘향의 모습을 보고 이 도령은 정신이 어지러웠다. 그사이 그만 춘향을 놓쳐 버렸다.

"아차차! 손 빠졌다."

소리치는 사이 춘향은 이불 속으로 숨어 버렸다. 개 헤엄치듯 손을 휘저으며 이 도령도 춘향을 붙잡으러 이불 안으로 달려들었다.

이는 춘향과 이 도령의 첫날밤 장면인데, 외설스럽다기보다는 장난스럽다고 해야 할 정도로 표현이 해학적입니다. "아차차! 손 빠졌다." 웃음이 절로 나옵니다. 이 장면에 이어지는 장면도 '궁' 자 타령, 업음질, 말놀이 등으로 진행되면서 '벗어라', '못 벗겠다', '해 봐라', '부끄러워 못하겠다', 이몽룡과 춘향의 실랑이는 농도가 더욱 진해지지만, 요즘 유행하는 이른바 에로 영화와 달리 전혀 외설적이지 않습니다. 키득키득 웃음이 새어 나올 정도로 두 어린 남녀의 사랑놀음을 해학적으로 묘사하기 때문이지요.

그렇다면 이런 해학성은 어디서 온 것일까요? '누가 이런 해학성을 즐겼던 것일까?'라는 질문으로 바꾸어서 해학성의 연원을 살펴봅시다.

19세기 이후에는 판소리가 상하층 누구나 좋아하는 예술이 되었지만, 발생 초기의 청중은 대부분 하층민이었습니다. 그러니 판소리는 민중의 삶과 좀 더 가까운 예술이라고 볼 수 있지요. 성에 관한 상층 양반들의 윤리 의식은 가능한 한 그것을 드러내지 않는 것이었습니다. 인간의 자연스러운 욕망을 억누르고 다스려야 인성(人性)이 완성된다는 것이 사대부들의 일반적인 생각이었지요. 그런데 사대부들처럼 성에 대한 욕망을 감추고 억누를수록 욕망은 그것을 은밀한 방식으로 충족시키려고 합니다. 외설은

이때 발생합니다. 인간의 자연스러운 성적 욕망이 음습하고 파괴적인 방식으로 해소되는 것이지요.

그러나 인간의 자연스러운 욕망을 억누르는 윤리 의식에 목을 맬 필요가 없었던 하층 민중에게 성적 욕망과 표현은 밥을 먹고 장에 가듯 자연스러웠습니다. 그래서 거기에는 어두운 은밀함이 없지요. 즐겁고 건강한 놀이처럼 성(性)을 즐깁니다. 춘향과 이도령의 신나는 첫날밤의 자연스러운 사랑놀음은 조선 후기 민중의 욕망과 삶의 모습을 반영한 것이라고 볼 수 있지요.

우리가 오해하고 있는 《춘향전》의 또 하나의 낯선 비밀은 '춘향의 형상'입니다. 우리는 대부분 춘향을 정숙하고 우아하고 아름답기 그지없는 요조숙녀의 전형으로 상상합니다. 이런 춘향의 이미지는 줄거리가 요약된 《춘향전》들이나 영화나 드라마가 보여준 춘향의 모습에서 알게 된 것들입니다. 물론 춘향에게 요조숙녀의 모습이 없는 것은 아니지만 그것이 춘향의 전부는 아니지요. 춘향에게는 우리에게 낯선 '표독한' 얼굴도 있기 때문입니다. 다음 대목에서 우리의 상상과는 거리가 먼 춘향의 독한 모습을 발견할 수 있습니다.

이 말을 들은 춘향은 낯빛이 변하면서 머리를 흔들고 눈알을 씰룩대며 얼굴은 붉으락푸르락, 눈은 간잔지런히 뜨고, 눈썹이 꼿꼿해지면서 코는 발심발심, 이는 뽀드득뽀드득 갈며 온몸을 아픈 입 틀듯이 하며 돌연 꿩을 차는 매처럼 주저앉더니,

"허허, 이게 웬 말이오."

왈칵 뛰어 달려들어 치맛자락도 와드득 좌르륵 찢어 버리고 머리카락도 와드득 쥐어뜯어 싹싹 비벼 이 도령 앞에 던지면서,

"뭐가 어쩌고 어째요? 다 쓸데없다, 쓸데없어."

악을 쓴다. 방으로 달려들어가 거울이든 분갑이든 산호 머리꽂이든 손에 잡히는 대로 방문 밖으로 탕탕 집어던지고 발을 동동 구르고 손뼉을 치면서 돌아앉아 신세를 탄식한다.

이 대목은 만난 지 일 년쯤 지난 후 부모를 따라 한양으로 올라가게 된 이몽룡이 어머니의 꾸중을 들먹이며 이별할 수밖에 없다고 하자 춘향이 보인 반응을 묘사한 것입니다. 옷고름으로 눈물을 찍어 내며 조용히 이별을 받아들이는 춘향을 기대하기 쉽지만, 춘향의 반응은 오히려 감정을 다 드러내는 쪽입니다. 머리를 록 가수처럼 흔들어 대고 눈알을 부리부리, 이는 뽀드득뽀드득, 콧구멍은 발심발심……, 요조숙녀와는 정말 거리가 멉니다. 미친 듯이 달려드는 춘향의 꼴은 '아니, 춘향이 이럴 수가!'라는 탄식을 자아내게 할 정도이지요.

그 밖에도 춘향은 변 사또의 명을 받고 자신을 잡으러 온 관청의 번수들에게 술을 먹이고 뇌물을 주는 영악스러운 모습까지 보여 줍니다. 이야기의 첫 대목에서 태몽을 통해 춘향이 본래 선녀였다는 사실을 아무리 강조했어도 춘향은 기생의 능청스러움조차 가지고 있었던 것입니다.

이런 춘향의 형상 역시 《춘향전》의 민중적 성격에서 연유합니다. 상층 사대부의 윤리는 감정을 절제하는 것이지 있는 그대로 드러내는 것이 아닙니다. 그러나 하층 민중은 그렇지 않습니다. 감정을 숨길 이유가 없지요. 철석같이 믿고 순정을 바친 남자가, 혹은 자신을 기생의 처지에서 구원해 줄 것으로 믿고 모든 것을 건 낭군이 자신을 배신하고 떠날 때 정신이 반쯤 나가 악을 쓰는 것은 자연스러운 일입니다. 체면이나 품위를 생각하는 처지라면 있을 수 없는 일이지만, 그런 것을 따지지 않는 민중의 처지라면 가능한 일이지요.

이 책에 담긴 완판본 《열녀춘향수절가》와 달리 좀 더 양반적인 취향에 가까운 경판본 《춘향전》을 보면 두 남녀의 슬픈 이별 대목은 있어도 춘향이 악을 쓰며 달려드는 대목은 찾아볼 수 없는데, 이런 사실도 춘향의 형상이 지닌 민중적 성격을 잘 증명해 주는 것이 아닐까 싶습니다. 영악한 기생의 기질도 지닌 춘향은 결국 자신을 데려가겠다는 다짐을 받고서야 이 도령을 보내 주었던 것입니다.

● 사랑을 통한 인간 해방

낯선 《춘향전》을 좀 익숙하게 만들고 나면, 이제 우리에게 남아 있는 과제는 《춘향전》의 의미를 좀 더 깊이 읽는 것입니다. 그런데 《춘향전》을 깊이 읽는다는 것은 춘향의 사랑이 지닌 의미를 자세히 들여다보는 일과 다르지 않습니다. 《춘향전》의 핵심이 사랑이고, 사랑이야말로 대중이 《춘향전》에 매력을 느끼는 중요한 이유이기 때문입니다. 춘향의 사랑을 찬찬히 따라가 봅시다.

먼저 첫 만남. 광한루에서 두 사람의 첫 대면은 그 자체로서는 특별한 것이 아니었습니다. 춘향은 이 도령의 부름을 받고 이끌려 나온 것이지 자발적으로 나온 것이 아니었지요. 이 도령이 남원 사또의 아들이라는 사실, 그를 잘만 후리면 평생 호강할 수 있다는 방자의 유혹, 그리고 만약 부름에 응하지 않는다면 춘향은 물론이고 그 모친에게까지 화가 미치리라는 방자의 위협에 못 이겨 나온 것입니다.

그런데 여기에는 당시 양반과 기생의 불평등한 관계가 전제되어 있습니다. 즉 기생이란 필요하면 언제든 불러다 놀 수 있는 '미천한 것'이라는 조선 후기 양반들의 의식, 그들의 신분 의식이 깔려 있었던 것이지요. 따라서 두 사람의 첫 만남은 상층 양반과 하층 기생의 만남 그 이상이 아니었습니다. 그러나 《춘향전》이 특별한 것은, 이 일상적인 만남을 통해 촉발된 기생 딸 춘향과 부사 아들 이몽룡의 풋사랑이 이별과 시련이라는 장애를 만나면서 더욱 단단해지고, 마침내 사랑의 힘을 통해 시련을 만들어 낸 중세적 신분 질서를 뛰어넘는다는 데 있습니다.

그런데 이 과정에서 우리가 눈을 부릅뜨고 살펴야 할 것은 사랑의 성취를 위해 적극적으로 싸워 나가는 춘향의 태도입니다. 이몽룡과 꿈 같은 시절을 보내고 난 후 춘향에게 닥친 것은 변학도라는 악몽 같은 현실이었습니다. 하지만 춘향은 또 다른 양반 남성인 변 사또를 만나고, 변 사또의 모진 형벌을 겪으면서 자신을 둘러싼 현실에 눈을 뜹니다. 현실을 자각한 춘향은 나라 법을 들먹이며 자신의 수절을 웃어넘기려는 변 사또에게 수절에 상하가 어디 있느냐고 대듭니다. 유부녀를 겁탈하려 한다고 악을 쓰기도 하지요. 국법을 무시하고 상하의 신분 질서를 부정하는 듯한 춘향의 이런 발

언은 위험하기 짝이 없는 것입니다. 우리는 춘향의 이런 태도에서 이몽룡에 대한 사랑과 함께 그 사랑을 가로막는 지배 권력에 대한 저항의 의지를 엿볼 수 있습니다.

《춘향전》에서 이런 지배 질서에 대한 저항은 춘향만의 것이 아니었습니다. 춘향이 보여 준 불굴의 의지는 남원 백성들의 깊은 공감을 자아내지요. 춘향이 곤장을 맞는 형장을 둘러싼 남원 민중은 모두 춘향을 걱정하며 마음속으로 응원을 보냅니다. 곤장을 치는 집장 사령은 일부러 잘 부러지는 곤장을 골라 춘향을 때리고, 상층의 일원인 한량들마저 변학도를 욕하면서 곤장질을 하는 집장 사령을 죽이겠다고 벼릅니다. 말하자면 춘향의 의지와 저항이 씨앗이 되어 부당한 지배 권력을 제외한 남원 고을의 백성들이 한바탕 저항의 연대를 이뤄 내고 있는 것이지요. 이러한 저항의 확산이야말로 《춘향전》의 주제 의식을 담고 있는 소중한 부분입니다.

그렇다면 이몽룡의 사랑은 어떤 모습일까요? 어찌 보면 이몽룡이 춘향을 만나서 사랑놀음을 벌인 것은 조선 사회의 현실로 보면 양반가 자제의 불장난과 같은 것이었습니다. 춘향만큼 이몽룡은 심각하지 않았습니다. 그래서 한양으로 어머니를 모시고 먼저 떠나라는 부친의 분부를 거역하지 못했던 것이지요. 그러나 이별을 당한 춘향의 절박한 모습을 만나면서 이몽룡은 조금씩 달라지는 듯합니다.

소설 속에는 드러나지 않지만 과거 공부를 하는 이몽룡의 귀에 풍문으로라도 춘향의 소식이 들렸을 것입니다. 그리고 암행어사가 된 후 춘향이 자기 때문에 옥에 갇혀 온갖 고생을 겪고 있다는 소문도 들었겠지요. 이런 과정이 이몽룡의 춘향에 대한 사랑이나 태도에 어떤 변화를 초래했을 수 있습니다. 전라도 어사가 된 이몽룡이 남원으로 직행하는 것도 그런 변화를 넌지시 알려 줍니다. 암행어사 이몽룡은 더 이상 기생의 미모에 빠져 호들갑을 떨던 옛날 그 글방 도령이 아니었고, 기생을 노리개로 여기던 방탕한 양반 아들도 아니었습니다. 억울한 죄수를 풀어 주고 악행을 일삼은 관리를 처벌하는 공명정대한 어사의 모습, 바로 그것이지요.

이런 암행어사 이몽룡의 모습은, 착취를 일삼는 관리들에게 고통을 받고 있던 당시 민중에게는 마치 때가 되면 고난에 빠진 자들을 무릉도원으로 인도한다는 정 도령과 같은, 혹은 의적 홍길동과 같은 구원자였을 것입니다. 아니, 거꾸로 민중의 그런 염원이 암행어사로 변신한 이 도령과 같은 인물을 창조해 냈을 테지요. 변 사또와 맞서 싸우고 있는 춘향이, 고통 속에서 살아가던 민중이 양반 지배층을 향해 하고 싶은 말을 대신 해 주는 그들의 대변자가 되었던 것처럼 이 도령은 그들의 구원자로 그려진 것입니다. 그러나 우리가 무엇보다도 주목해야 할 것은 이런 대변자와 구원자의 형상이 두 사람의 신분을 넘어선 사랑을 통해서, 사랑을 위해 현실의 모순과 싸워 가는 과정에서 성취된 것이라는 사실입니다. 아마도 이런 사실이 《춘향전》을 한국인들이 가장 좋아하는 소설로 만들었을 것입니다.

우리는 흔히 사랑은 아름답고 숭고하다고 합니다. 과연 모든 사랑이 다 그럴까요? 그렇지는 않습니다. 우리는 상대방에 대한 소유욕을 사랑이라고 착각하기도 하며, 자신의 사랑을 위해 타인의 행복을 무시하기도 합니다. '사랑에 눈이 멀었다.'라는 말도 있듯이 사랑을 하면 자신의 감정에 몰입된 상태에서 상대방만이 보일 뿐, 사회적인 조건이나 사랑하는 상대방 외의 타인에게는 눈길을 주기가 힘듭니다. 그래서 사랑은 이기적인 것이라고 하지요. 이런 사랑의 속성 때문에 두 남녀의 사랑에서 숭고한 아름다움을 발견하기란 참으로 어렵습니다.

그러나 춘향의 사랑은 신분을 넘어선 사랑이기에 진정으로 아름답습니다. 만일 춘향이 양반의 신분으로서 몽룡과 정혼을 하고, 사회적인 용인이 이루어진 상태에서 아무 문제 없이 결혼을 했다면, 춘향이 몽룡을 사랑하는 마음에는 차이가 없을지라도 그 사랑이 숭고한 아름다움을 지녔다고 할 수는 없을 것입니다. 신분이 다른 두 남녀의 사랑은 개인적인 문제를 넘어 사회적인 문제성을 지닙니다. 이렇게 만남에서부터 춘향의 사랑은 사회적인 성격을 갖고 있었지요.

더욱이 춘향은 신분의 차이를 넘어선 사랑을 이루기 위해 지배 집단의 상징인 변 사또에게 저항할 수밖에 없는 상황에 처했습니다. 이러한 저항의 과정을 통해 춘향의 사랑은 춘향만의 문제가 아니라 춘향과 같이 하층 민중의 문제로 나아갑니다. 다시 말하면, 변 사또를 향한 춘향의 항변은 곧 민중 전체의 항변이 되는 것이지요. 바로 여기가 춘향의 사랑이 개인의 사랑을 넘어 숭고한 아름다움을 얻게 되는 지점입니다. 그래서 우리는 소설의 마지막에서 춘향이 이몽룡의 정실부인이 되고, 왕이 인정한 정렬부인이 되는, 조선 사회에서는 도무지 현실성이 없어 보이는 그 결말에 대해서도 고개를 끄덕이게 되는 것입니다. 춘향의 숭고한 사랑이 승리한 것이기 때문이지요. 춘향은 사랑을 통해 신분의 제약을 넘고 인간 해방을 쟁취한 것입니다.

⦿ 창조적인 반문을 기다리며

춘향의 사랑 이야기는 판소리를 통해 여전히 재현되고 있으며, 드라마나 영화, 무용 등 해마다 다양한 형식으로 재창작되고 있습니다. 이렇게 재현되고 재창작된다는 것은, 달리 말하면 《춘향전》이 지속적으로 재해석되고 있고 다양한 해석의 가능성을 향해 열려 있다는 뜻이지요. 우리가 앞에서 '사랑을 통한 인간 해방'이라는 시각에서 《춘향전》 깊이 읽기를 시도한 것도 그런 해석 중 하나입니다. 그러니 이런 《춘향전》에 대한 해설에 주눅 들지 말고, 그저 하나의 '해석'이거니 생각하세요.

여러분 중에는 앞선 해설을 읽다가 '나는 그렇게 생각하지 않는데.'라고 반문하는 이도 있을 것입니다. '춘향이가 무슨 열사(烈士)인가, 춘향이가 한 게 뭐가 있어, 기껏해야 변 사또에게 발악한 것밖에 더 있나? 결국 몽룡이 암행어사로 등장해서 변 사또에게 벌을 주잖아. 몽룡도 양반 계급인데 민중의 구원자가 될 수 있나?' 이런 식의 의문을 품으면서 기존의 해석에 반문하는 것도 충분히 가능하며 의미 있는 활동입니다.

《춘향전》을 민중적인 관점이 아니라, 양반의 관점에서도 한번 읽어 봅시다. 당대의 지배 권력의 처지에서 보자면 춘향이가 얼마나 발칙했겠어요? 물론 춘향이가 온전한 기생은 아니었지만, 어쨌든 기생의 딸이 감히 정절을 빌미로 고을 수령과 맞서다니요. 또 변 사또는 민중의 입장에서 보면 지배 질서를 상징하는 악이지만, 양반의 입장에서 보면 기생 하나 잘 구슬리지도 못할 정도로 백성을 미숙하게 다스리는 무능한 관료일 뿐입니다. 이 무능을 벌하러 내려온 해결사인 암행어사 이몽룡도 춘향이 고대하던 낭군이기 이전에 지배 질서의 대리자라고 할 수 있지요. 춘향은 정절의 대가로 정렬부인이 되는 상상할 수 없는 행운을 얻게 됩니다.

덧붙여 이야기한다면, 춘향의 정절이란 유교 윤리인 열(烈)에 해당하는 것이니, 양반의 입장에서 보면 얼마나 기특하겠어요. 민중에 대한 지배층의 교화(敎化)가 성공적이었다는 것을 보여 주는 예이기도 하고요. 그러니 춘향 하나쯤은 지배층으로 올려 줄 수 있었던 것이지요. 춘향은 지배 계급의 일원으로 신분이 상승되었지만, 문제의 근원이 된 신분 질서는 여전히 남습니다. 다시 말하면, 민중이 분출하던 저항적인 힘이 춘향을 통해 표출되는 듯하다가 춘향 한 사람의 신분 상승으로 마치 모든 것이 해결된 것처럼 근본적인 문제는 덮어 버리는 것이거든요. 이렇게 지배 질서는 민중의 불만을 무마하며 자신의 설 땅을 더욱 단단하게 할 수 있습니다.

그렇다면 《춘향전》에서 인간 해방을 이야기할 수 있을까요? 《춘향전》은 오히려 인간 해방을 지향하다가 아니한 것만 못하게 민중의 저항 의지마저 꺾어 버린, 지배 계층의 편에 선 이야기는 아닐까요?

너무 삐딱하게 보는 것 같아서 어딘지 모르게 불편해 하는 이도 있을 수 있을 것입니다. 그러나 해설을 맺으면서 굳이 이런 식의 반문과 대조적인 해석의 일례를 던져 생각해 보려고 하는 것은 《춘향전》 읽기의 다양한 가능성 때문입니다. 하나의 해석에는 수많은 반문이 기다리고 있고, 하나의 반문에는 또 하나의 반문이 기다리고 있습니다. 여러분이 질문하고 반문하며 창조적인 해석을 마련하는 한, 《춘향전》은 다양한 해석의 가능성을 향해 열려 있는 진정한 '고전(古典)'이 될 것입니다.

춘향이 변학도의 수청을 받아들였다면?

● 춘향과 이 도령의 첫 만남에서 더 적극적으로 관계를 주도한 사람은 누구인가요?
또 이 도령의 가족이 서울로 가야 한다는 말을 듣고 두 사람이 각각 취한 태도는
어떻게 달랐나요? 두 사람의 관계의 흐름이 어떻게 달라지는지를 파악하면서, 둘
의 입장 차이를 생각해 봅시다.

● 이 도령과 춘향은 처음 만난 날 서로에게 반해 사랑을 하고 결혼에까지 이르게 됩
니다. 여러분은 이러한 두 사람의 사랑에 대해 어떻게 생각하시나요? '첫눈에 반해
사랑을 하는 것이 가능할까?', '두 사람은 서로의 외모에 끌렸던 것이 아닐까?' 혹
은 '두 사람은 정말 사랑했을까?'라는 질문을 던져 보면서, 두 사람과 나의 사랑에
대한 생각을 비교해 봅시다.

◈ 춘향은 사랑을 지키기 위해서라면 목숨도 아까워하지 않습니다. 여러분은 이러한 춘향의 태도를 어떻게 생각하시나요? 춘향이 정말 변학도의 청을 받아들여서는 안 되는 것이었는지, 꼭 그래야만 사랑이 지켜지는 것이었는지, 또 춘향은 새로운 사랑을 해서는 안 되는 것이었는지 함께 이야기해 봅시다.

◈ 이 소설의 제목을 《이 도령전》이라 하지 않고 《춘향전》이라고 한 이유는 무엇일까요? 그 이유를 생각해 보고, 자신의 취향에 맞게 《춘향전》의 제목을 새롭게 붙여 봅시다.

◈ 춘향과 이 도령처럼 고난 속에서도 꿋꿋하게 사랑을 지켜 낸 사람들의 예를 우리 주변에서, 혹은 영화나 소설 속에서 찾아봅시다.

◉ 춘향과 이 도령이 사랑을 나누는 〈사랑가〉 장면을 판소리로 들어 보고 글로 읽었을 때와 그 느낌이 어떻게 다른지 이야기해 봅시다. 또 〈사랑가〉의 운율에 맞게 새로운 가사를 써넣어 '내가 만든 〈사랑가〉'를 불러 봅시다. 사랑 이야기도 좋고, 일상의 작은 이야깃거리도 노래가 될 수 있습니다.

◉ 춘향이 매를 맞으면서 부르는 노래를 〈십장가〉라고 합니다. 매의 숫자에 맞추어 자신의 억울함을 호소하는 표현이 참으로 절묘하지요. 여러분도 이처럼 누군가에게 억울함을 호소하고 싶었던 일이 있을 것입니다. 춘향이가 그러했듯 마음에 담긴 하소연을 숫자에 맞추어 새로운 〈십장가〉로 만들어 봅시다.

◉ 내가 만든 〈사랑가〉와 〈십장가〉를 바탕으로 한 편의 뮤직비디오를 만들어 봅시다. 노래는 판소리의 가락을 따를 수도 있고, 여러분이 좋아하는 노래의 곡을 빌려 쓸 수도 있습니다. 등장인물을 적절하게 배치하여 신나고 경쾌하거나, 가슴 절절한 뮤직비디오를 만들어 봅시다.

● 고전 문학 작품은 고전으로 머물러 있지 않습니다. 우리가 해석하고 활용하기에 따라 언제든 새롭게 태어날 수 있습니다. 끊임없이 영화로, 드라마로, 소설로 재창작되고 있는 《춘향전》, 여러분이라고 못할 것은 없습니다. 다음과 같은 물음을 통해서, 아니면 여러분 나름의 물음을 자신에게 던지면서 새로운 이야기를 창조해 보십시오. 상상의 나래를 활짝 펼쳐 보십시오.

· 춘향이 변학도의 청을 받아들여 변학도의 첩이 된다면 이후의 이야기는 어떻게 전개될까요?

· 춘향이 절개를 지키지만 이 도령이 춘향을 버린다면 이야기는 어떻게 전개되고 마무리될까요?

· 춘향이 기생이 아니고 이몽룡의 집안과 원수 관계에 있는 양반 집안의 딸이라면 이야기는 어떻게 전개될까요?

· 《춘향전》은 춘향이 이몽룡을 다시 만나 정실부인이 된 후 자식을 낳고 잘 살았다
 는 이야기로 끝이 납니다. 소설에 나오지 않는 다음 이야기를 자세히 쓴다면 어떻
 게 될까요?

· 이야기의 시대 배경을 조선 후기가 아닌 우리가 살고 있는 바로 지금, 혹은 먼 미래
 로 정하고 다시 써 보십시오. 이 도령과 춘향의 모습은 어떻게 변해 있을까요? 그들
 은 채팅을 통해 사랑을 주고받고 있을까요? 변학도와 방자와 향단의 캐릭터는 어
 떻게 다시 만들어야 할까요?

· 이 도령과 춘향의 자리에 '나'를 주인공으로 넣고, 이야기를 전개해 나갈 수도 있을
 것입니다. 부분적인 상황들만을 따 와서 '나'의 사랑 이야기를 만들어 보십시오. 사
 랑을 해 본 적이 있다면 그 경험을 살려서, 아직 그런 경험이 없다면 상상력을 동
 원해서 재미있는 이야기 한 편을 만들어 보십시오.

◉ 만약 여러분이 흥미와 재능이 있다면 위에서 다시 쓴 이야기를 부분 부분씩 만화로 그려 보십시오. 이 도령과 춘향의 이미지를 상상하며 그들의 캐릭터를 새로 창조해 보십시오. 가능하다면 영화의 시나리오로도 다시 만들어 보고, 그 시나리오를 바탕으로 친구들을 등장시켜 단편 영화를 찍어 보십시오. 수업 시간에 친구들과 선생님과 함께 보면 재미있지 않겠습니까?

참고 문헌

가와무라 미나토 지음, 유재순 옮김, 《말하는 꽃 기생》, 소담출판사, 2002.

강명관, 《조선 풍속사 3 – 조선 사람들, 혜원의 그림 밖으로 걸어나오다》, 푸른역사, 2010.

고석규 외, 《암행어사란 무엇인가》, 박이정, 1999.

권오창, 《인물화로 보는 조선시대 우리 옷》, 현암사, 1998.

서울역사박물관 편집부 엮음, 《조선 여인의 삶과 문화》, 서울역사박물관, 2002.

안길정, 《관아를 통해서 본 조선시대 생활사》, 사계절출판사, 2000.

이배용 외, 《우리나라 여성들은 어떻게 살았을까》, 청년사, 1999.

이성무, 《조선의 부정부패 어떻게 막았을까》, 청아출판사, 2000.

이영화, 《조선시대 조선사람들》, 가람기획, 1998.

전국역사교사모임, 《살아있는 한국사 교과서》, 휴머니스트, 2012.

정성희, 《조선의 성풍속》, 가람기획, 1998.

조효순, 《복식》, 대원사, 1989.

조효순 외, 《우리 옷 이천 년》, 미술문화, 2008.

국어시간에 고전읽기 **2**

춘향전, 사랑 사랑 내 사랑아 어화둥둥 내 사랑아

1판 1쇄 발행일 2002년 9월 10일
개정판 1쇄 발행일 2013년 8월 12일
개정판 16쇄 발행일 2024년 12월 2일

기획 전국국어교사모임
지은이 조현설
그린이 유현성

발행인 김학원
발행처 (주)휴머니스트출판그룹
출판등록 제313-2007-000007호(2007년 1월 5일)
주소 (03991) 서울시 마포구 동교로23길 76(연남동)
전화 02-335-4422 **팩스** 02-334-3427
저자·독자 서비스 humanist@humanistbooks.com
홈페이지 www.humanistbooks.com
유튜브 youtube.com/user/humanistma **포스트** post.naver.com/hmcv
페이스북 facebook.com/hmcv2001 **인스타그램** @humanist_insta

편집책임 문성환 **편집** 윤무재 **디자인** 김태형 유주현 림어소시에이션
스캔·출력 이희수 com. **용지** 화인페이퍼 **인쇄** 청아디앤피 **제본** 민성사

ⓒ 조현설·유현성, 2013

ISBN 978-89-5862-632-9 44810